SCOTTEN

Detonationen

En deckare av Mats Gustafsson

© Mats Gustafsson 2020
Förlag: BoD – Books on Demand, Stockholm, Sverige
Tryck: BoD – Books on Demand, Norderstedt, Tyskland
ISBN: 978-91-7851-787-9

Innehållsförteckning

Förord

Tack till er som har gjort den här boken möjlig. Lektörer Susanne Gustafsson och Ingrid Gustavsson som bidragit med goda råd och coaching. Konsult och producent Ellinor Ek har gjort allt färdigt för tryck på förlag, vilket erfordrats för att boken över huvud taget skulle bli av.

Deckaren du håller i din hand är skriven av Mats Gustafsson. Namn och karaktärer som finns med i boken är produkter av min fantasi och används i ett påhittat sammanhang. Varje eventuell likhet med verkliga personer, levande eller döda är en ren tillfällighet.

Boken "SCOTTEN DETONATIONEN" är den avslutande boken i andra trilogin om Oskar "Scotten" Scott. Den första, "SCOTTEN NOVEMBERLUFT" följdes av "SCOTTEN BARA INDICIER". Trilogin bygger vidare på de två tidigare som bestod av dessa titlar utgivna i följande ordning; "SCOTT 20SEXTON", "SCOTT PÅ HOTEL BOHEMIA" samt "SCOTT EFTERDYNINGEN". Därefter kom "SCOTTEN AKTERSEGLAD", "SCOTTEN DEN VITA LÖGNEN" och "SCOTTEN GENTJÄNSTEN". Tidigare har jag som författare även skrivit "GLAPP I RATTHÅLLAREN!"

Jag hoppas du finner god behållning av mina böcker!

1

Kapitel 1

Scotten insåg att det helt enkelt inte var möjligt att gå omkring hela tiden och vara fullt beredd på att något skulle hända. Vanorna hade visserligen ändrats en del, bland annat smög han ofta in i vardagsrummet utan att tända lyset för att titta ut innan han gick för att rasta Henrik, såväl på morgonen som kvällen. Detta för att förhoppningsvis upptäcka om någon därute väntade på att skada honom. Det hade hänt ett par gånger att Scotten blivit extra misstänksam för att en person verkat vänta på att han skulle dyka upp, men ganska snart hade det kommit en bil för att plocka upp hen, kanske för att åka till jobbet, tänkte Scotten. Just att gå på helspänn hela tiden, var väldigt uttröttande. Hjärnan som gjorde allt för att ta genvägar och slippa arbeta i onödan, försökte dock snabbt intala att det inte fanns så mycket att oroa sig för. I och med att allt varit lugnt hittills, så var det förmodligen inget fruktansvärt i görningen nu heller, tycktes den vilja säga till Scotten. Helst hade han velat försvinna från hela skiten tillsammans med Lisa, gärna utomlands till ett varmare land. Ganska snart kom tyvärr verkligheten i fatt. Det första som talade emot ett sådant drastiskt drag, var att de snart skulle bli föräldrar! I praktiken kändes det väldigt svårt att fly i ett sådant läge, dessutom hade de behövt ett rejält startkapital och arbeten ordnade för att det skulle vara genomförbart. En sak till som vägde tungt för att stanna istället, var att de enda egentliga vännerna de hade nog absolut inte var inne på samma tanke och ville hänga på. Detta inte minst beroende på att de nyligen köpt hus i Oxelösund. En stor vattenpöl över hela cykelbanan tvingade bort hans filosoferande för ögonblicket, då han var på väg hem efter tredje arbetsdagen den här veckan. Efter vad Scotten kunde minnas, dolde sig en större grop någonstans i vattnet som förmodligen med lätthet skulle göra att han cyklade omkull. Att vända för att ta en omväg på några hundra meter och cykla på genomfartsleden avfärdades emellertid snabbt, för då skulle han få vistas ännu längre tid ute i kylan, som förstärktes av en pinande motvind.

-Nej för tusan, jag är ju ingen sjuttioplussare, dyker jag med cykeln överlever jag nog det med! sade Scotten kaxigt till sig själv och tog i lite extra några tramptag, för att få upp farten. Precis när framhjulet nådde vattensamlingen, satte han benen rakt ut och kände sig för en stund som en balettdansös som just gått ner i splitt. En snabb blick på benen visade dock att det var en bra bit kvar för att uppnå detta. På vinst och förlust styrde han så nära vänsterkanten som möjligt för att kanske undvika den största gropen. Kommunen ska få ett fett skadeståndskrav om jag kör omkull, tänkte han när det bara var några meter kvar tills han var ute på asfalten igen.

I samma sekund som han kom igenom, hördes en dämpad smäll och i ögonvrån syntes ett moln av foder från jackan, som slitits upp av något.

Plötsligt kändes en intensiv smärta i högerarmen och Scotten insåg direkt att han blivit skjuten! Bara den fruktansvärda tanken på att ha blivit träffad, fick det att tillfälligt svartna för ögonen. Scotten stålsatte sig att inte titta närmare på vad som hänt, utan försökte tvinga sig till att cykla vidare. För att minska träffytan något för skytten som med all sannolikhet inte var nöjd med att bara skadeskjuta honom, lade han sig ner på styret. Scotten hatade känslan av det varma blodet som nu rann från skotthålet längs armvecket ner mot midjan. Trots fokusering indikerade ögonen på att allt framför honom bestod av något som kunde liknas vid ymnigt snöfall. Sedan tidigare liknande syner visste han mycket väl att det här inte var något annat än en klar förvarning om att han när som helst skulle tappa medvetandet och svimma.

Detta var i normala fall rätt skönt, just att få koppla bort all smärta och annat elände. Det som smolkade ner den här befriande känslan nu, var att han inte visste vad som väntade. Kanske jag aldrig vaknar upp igen och får se mitt barn, tänkte han medan synen av snöfallet tilltog.

- - - - -

Ebba njöt av att komma ut från en av de tråkigaste föreläsningarna hon någonsin varit med om. Faktainnehållet var det väl egentligen ingen som kunde klaga på, utan det var mer bara två hopplösa olater som föreläsaren lagt sig till med. Det ena var att han aldrig lämnade blicken från sina anteckningar, vilket medförde att man fick intrycket av att han inte visste något själv utan bara läste innantill. Det gick väl att bortse ifrån men det andra var betydligt mer störande, nämligen att varje mening han sade avslutades med "förstår ni". Ebba log för sig själv när hon tittade i sitt kollegieblock där hon utöver viktiga punkter ägnat sig åt att sätta ett streck för varje gång som orden kom, vilket visade sig vara 152 stycken! Om det var den halvunkna luften i aulan på grund av fuktiga ytterkläder och ett dåligt ventilationssystem, eller om det var föreläsarens fel visste hon inte, men nu led hon av ett hårt pulserande i bakhuvudet. I ett desperat försök att bli kvitt huvudvärken, tog Ebba riktigt långa och djupa andetag. Visst var det härligt att syresätta blodet ordentligt, men smärtan bestod trots allt.

Det är väl bara en rejäl kanna med kaffe som hjälper, tänkte Ebba när hon låst upp dörren till sitt studentboende. Under tiden kaffet rann ner, tittade hon till på klockan som visade att hennes tvillingbror förmodligen slutat jobba och var på väg hem. Med sin högerhand låste hon upp sin mobiltelefon för att ringa Scotten, samtidigt som hon tog av sig sina strumpor med andra handen. Trots att hon bara gått knappt hundra meter från skolan, så hade bootsen tagit in vatten som en gammal träbåt! Liknelsen kom hon på direkt eftersom hennes farfar ägt en Petersonbåt som i alla tider hade läckt. Inte ens när den stod på land var det torrt i den, för någonstans i båtjäveln regnade det in. Till slut hade gubben tröttnat på båten och försökte elda upp den, men utan att lyckas. Det slutade med att han gav bort den till någon han egentligen inte tyckte om. Efter åtta signaler tryckte Ebba bort samtalet, för hon förstod att Scotten var upptagen med något annat.

Att hennes pojkvän Ludvig förmodligen var kvar på jobbet fick komma lite i andra hand, resonerade Ebba och tryckte fram hans nummer istället. Varför hon kände behov av att snacka med någon, kunde säkert bero på att föreläsarens upprepande av "förstår ni" höll på att

5

etsa sig fast i hennes hjärna. För att inte bli helt tokig, kände Ebba att hon bara måste få prata med en normal människa, samtidigt som hon letade fram ett par torra tubsockor.

-Hej älskling, har du haft det bra i skolan idag? sade Ludvig undrande när han svarade.

-Tjena, jo det har väl varit okej. Förresten, har du tid att snacka nu eller har du kunder i närheten? frågade Ebba.

-Det fungerar fint, jag har just installerat en dator hemma hos ett par och är på väg till TV-firman nu. Där har jag väl en del att göra, men planen är att jag ska bli färdig med det viktigaste innan jag drar mig hemåt. Var det något särskilt du ville? fortsatte han.

-Nej, inte direkt, jag var nog mest bara pratsugen. Det ska bli skönt att få komma hem till dig imorgon kväll redan, för på fredag har vi inga lektioner, svarade hon.

-Härligt, då ses vi snart. Då kanske vi kan lägga in ett bankmöte på fredag, för jag fick meddelande om att det var några fler papper som skulle skrivas på, sade Ludvig.

-Det går fint. Fast det är över fem månader tills vi får flytta in i huset, känns det på något lustigt sätt som att det är ganska snart. På tal om något helt annat, jag ringde Scotten nyss men han svarade inte trots att han borde slutat jobba nu, fortsatte Ebba.

-Det var märkligt, för när han inte är på arbetet brukar han alltid svara. Du får väl försöka igen. Nu är jag framme, du kan väl höra av dig om jag ska hämta dig på stationen imorgon kväll, svarade Ludvig.

-Ja, det kan jag göra. Faktum är att du kan räkna med att det blir runt nitton, som det ser ut nu i alla fall. Jag har två fulla bagar med kläder och en ryggsäck med böcker, så det vore schysst om du kunde hämta mig, sade Ebba innan samtalet avslutades.

- - - - -

Scotten hajade till av att hans kropp kändes blöt och iskall. Först hade han ingen aning om varför han låg i en slänt bredvid cykelbanan i det långa fuktiga gräset. När han fick syn på sin cykel några meter därifrån, började dock minnesbilderna klarna. En intensiv smärta från överarmen som inte kunde härledas till att han cyklat omkull gjorde sig genast påmind.

Plötsligt kom Scotten på att han med all sannolikhet blivit skjuten av någon och när han vred på sitt huvud bekräftades farhågorna.

Försiktigt ställde han sig på alla fyra och blev stående så ett tag, för att känna efter så kroppen hängde med skapligt. Vartefter som sekunderna gick, kom han på att det nog var förenat med livsfara att vara kvar på platsen. Att inte skytten kommit närmare för att fullborda sitt verk var en gåta, men den tidsfristen som gärningsmannen av någon anledning just gett honom, måste effektivt utnyttjas. Ett djupt andetag och sedan reser jag mig upp, bestämde sig Scotten för när han känt efter att risken för att svimma igen verkade mindre. Lutad mot ett träd såg han sig sakta runt om för att fastställa åt vilket håll som var lämpligast att förflytta sig. Ett tag tänkte han låta sin cykel ligga kvar, men kom på att den nog kunde vara bra att stödja sig på när han skulle ta sig därifrån. En snabb koll på armen visade att det nästan var uppe vid axeln han blivit träffad av kulan. Tacksamt nog verkade det som om det bara var en ytlig träff, för det var inga större

7

problem att röra armen. Det blodfärgade fodret och det täta droppandet där jackärmen tog slut vid handleden, fick det att svartna för ögonen igen. Med full koncentration på att hålla sig vid medvetande, tog Scotten långa djupa andetag och tvingade sig att släppa blicken på allt blod. Det var då han fick syn på de blinkande blåljusen från en polisbil som stod still vid vägkanten, runt sjuttiofem meter därifrån. Mitt emot stod en blå bil av okänt märke med minst två persoer i. Scotten reagerade genast på att fordonet stod åt fel håll och att det nästan var parkerat utanför vägbanan.

En förfärlig rysning gick längs Scottens ryggrad och upp mot bakhuvudet, när han konstaterade att han kände igen en person i den blå bilen! Han hade ett par veckor tidigare sett samma nuna gå till en vit audi, som sedermera Ludvig och han själv sprängt i luften. Mirakulöst nog hade alla överlevt smällen och att de var ute efter en gruvlig hämnd behövdes ingen raketforskning för att förstå.

Tanken som slog Scotten härnäst var, att polisen kanske inte hade en aning om att det just inträffat en skottlossning, utan istället reagerat på den blå bilens felaktiga parkering. Så fort typerna blev ensamma igen, skulle de med all säkerhet försöka fullborda sitt verk genom att likvidera Scotten för evigt. Han gjorde ett desperat försök att ropa högt för att påkalla polisernas uppmärksamhet, men rösten svek honom totalt. Hur mycket han än tog i, så hördes det bara svagt, nästan som en viskning. Med en vilja av stål började Scotten ta sig från platsen så fort han kunde. Benen vacklade men med blicken fäst långt fram förflyttade han sig ändå hyggligt fort framåt, lutandes mot sin cykel. Efter någon minut mötte han ett äldre par och funderade på om han skulle be dem om hjälp. Idèn avfärdades dock, risken var överhängande att typerna skulle komma ifatt och då även likvidera paret.

Frågan var just nu vilket som var bäst, ringa polisen, uppsöka sjukhuset eller ta sig hemåt. Efter en snabb analys i hjärnan, beslöt sig Scotten för att försöka ta sig till Ludvigs arbetsplats. Förmodligen skulle han vara kvar på sitt jobb åtminstone en timme till. Väl där kunde de gemensamt titta på om skadan krävde sjukhusvård eller om det gick att förbinda armen utan deras hjälp. Måste det sys så fanns inte den valmöjligheten och därmed skulle hela apparaten dras igång av polisen med en massa förhör och funderingar om varför just Scotten blivit skjuten. Ett besvärligt rotande i vad han hade gjort för att bli jagad av ortens undre värld, var i så fall bara att vänta. Risken var då överhängande att det förr eller senare skulle framkomma att Ludvig och han själv varit inblandade i sprängningen av en gasbil i Brandkärr, vilken kunde lett till att faktiskt fem personer dödats.

Scotten insåg att det som var högst prioriterat nu, var att ta sig osedd till TV-firman. Ett par enkla åtgärder för att lyckas, fick bli att gå på mindre upplysta gator och dra upp kapuschongen över huvudet. För varje gång han hörde eller såg en bil närma sig, visste han att livet kunde ta slut inom bara några sekunder.

Med knappt två hundra meter kvar, kände Scotten att det helt enkelt inte gick att pressa sin kropp mer. För att inte tappa medvetandet och falla ihop, satte han sig på

9

trottoarkanten mellan ett par parkerade bilar. Med sitt huvud framåtlutat och tungt vilande i sina händer, märkte han att det inte gick att stoppa tårarna. Det var inte för smärtan efter kulan han grät, utan åt hela situationen som utvecklat sig till värsta tänkbara mardrömmen.

Scotten försökte sätta sig in i hur gärningsmännen tänkt. Det naturligaste borde ha varit att de gett sig på Ludvig istället. Han var ju hjärnan bakom vedergällningen, eftersom de stulit hans klocka och slagit ner honom. Att de gett sig på Ludvigs bäste vän, med andra ord han själv, kanske hade sin förklaring i att de visste att det kunde slå ännu hårdare, resonerade Scotten medan han tog fram sin mobiltelefon.

-Tjena, hur är läget? svarade Ludvig undrande efter några sekunder.

-Du får hämta mig med bil för jag är skadad, svarade Scotten med bräcklig röst.

-Vad tusan är det som har hänt och var är du? frågade Ludvig.

-Jag är utanför företagshotellet ett par hundra meter från din firma. Kom direkt så förklarar jag sedan, berättade Scotten och tryckte bort samtalet.

Nu var du snabb! utbrast Scotten med svag röst när den vita jobbarbilen tvärnitade framför honom.

-Fasen du blöder ju, har du cyklat omkull din fyllbult? skrek Ludvig förfärat.

-Nej, om det vore så väl. Får du med min cykel? frågade Scotten medan han reste sig och gick mot passagerardörren.

-Den slänger jag in där bak, så det är lugnt, svarade

Ludvig innan han tog plats bakom ratten.

-Kör mig till ditt jobb så får vi se först hur illa det är.

-Måste vi inte åka till akuten? Det kanske är något som behöver sys, fortsatte Ludvig undrande medan han gjorde en saxvändning.

-Faktum är att det är en skottskada, men jag tror bara det är en ytlig träff. Ditt ögonbryn tejpade de väl ihop nyligen, känner jag dig rätt så snodde du väl med dig en sådan rulle, svarade Scotten med ett ansträngt leende.

-Visst tog jag med tejp från sjukhuset, tusan vet bara var jag gjorde av den. Jag får leta lite när vi kommer in, sade Ludvig och bromsade in vid TV-firman.

-Jag sitter kvar i bilen medan du kollar var tejpen är, för jag är alldeles svimfärdig. Det blir ju inte bättre av att du kör så förbaskat ryckigt, anmärkte Scotten.

-Sitt här och jäs medan doktor Ludvig hämtar förbandsmaterial. Sedan vill jag att patienten är tyst för jag vill arbeta ifred, svarade han med ett brett smajl.

-Fasen, jag måste tuppat av en stund för jag märkte inte att du grejat med axeln. Hur såg det ut egentligen? frågade Scotten.

-Hade du haft mer muskler skulle det nog varit läge för att sy, men kulan hade bara rivit upp ett litet köttsår. Tyvärr hittade jag inte specialtejpen, men jag har löst problemet ändå. Jag skjutsar hem dig så du får på dig torra kläder. sedan får du berätta mer om hur det gick till när du blev träffad, muttrade Ludvig till Scotten som var för medtagen för att svara.

- - - - -

Kapitel 2

-Hej älskling, jag är hemma nu! ropade Lisa när hon kom innanför ytterdörren.

-Tjena, jag ligger inne på soffan, svarade Scotten.

-Vad du låter nedstämd, har det hänt något speciellt? frågade hon.

-Ja, det kan man gott säga. När jag cyklade hem blev jag beskjuten av någon. Som väl var tog kulan ytligt, så det löser sig utan att blanda in sjukvården. Ludvig har plåstrat om mig och hjälpt mig hem, förklarade Scotten medan han satte sig upp.

-Så hemskt! Men du måste väl kontakta polisen? utbrast Lisa och rusade fram till Scotten för att ge honom en kram.

-Du får lita på mig, det finns väldigt bra anledningar till att inte göra det. Jag är säker på att det var samma typer som överföll Ludvig för några veckor sedan. De vill väl inte riskera att bli igenkända utan tänkte förmodligen skrämmas så att ingen vittnar mot dem, fortsatte Scotten.

-Om det är som du säger, borde de väl gett sig på Ludvig istället, sade Lisa med tårfyllda ögon.

-Jag tror det var en markering från dem att de kunde skada Ludvig mer om de ger sig på hans vänner, sade Scotten.

-Visst kan det vara så, men på det här viset kommer det väl aldrig ta slut. Tänk om de inte nöjer sig med den här varningen, utan tänker ta i ännu hårdare nästa gång, svarade Lisa förfärat.

-Du ska veta att Ludvig blev helt vansinnig när han hörde vad som hänt. Han sade inget direkt, men jag känner honom så pass väl att det här kommer han aldrig acceptera. Faktum är att jag har full förståelse för om det är en hämndaktion på gång, för de där typerna ställer bara till med en massa elände, sade Scotten och lyfte lite på tröjan för att se vad förbandet bestod av.

-Jag vet också vad Ludvig är kapabel till, det värsta är bara att vi kommer bli indragna. Nu är det bara dagar kvar tills vi får barn, så det får absolut inte hända oss något, sade Lisa och kramade Scotten ännu mer.

-Han är smart och kan säkert komma på en genial lösning på problemet med de där asen. Däremot är jag lite tveksam till vad han gjort för att förbinda såret. Han sade att han hade tejp från sjukhuset som man typ kan fixa skadade ögonbryn med, men jag har ett svagt minne av att han sade att den var borta. Kan du vara snäll och se vad det är han har använt, sade Scotten undrande.

-Nej det är klart att någon kirurg är han ju inte, det är bäst jag kollar, svarade hon och tände en golvlampa för att se bättre.

-Jag kan inte påstå att det gör särskilt ont, men det verkar väldigt stelt på något sätt, sade Scotten.

-Hehe, Ludvig har satt ett stort plåster över såret och sedan har det nog gått åt en meter silvertejp åtminstone, för att det ska bli stadigt, svarade Lisa och log åt det hela.

-Tja, då är det med andra ord ingen risk att jag förblöder. Dilemmat blir väl när tejpen ska av, för då lär väl skinnet följa med också, sade Scotten och suckade.

13

-Vi får titta till såret ett par gånger om dagen, så är det nog lugnt. Är det inte bäst om vi är hemma imorgon, eller tycker du verkligen att det är läge för att riskera livet genom att ta sig till jobbet? frågade hon.

-Jag har inte hunnit tänka så långt än. Ludvig lovade att höra av sig ikväll, han kanske har någon lösning, sade Scotten och släckte golvlampan igen.

- - - - -

-Åklagaren yrkar på att Albert Jacobsson ska få fängelse i sex år, vad tycker du om det Linn? frågade kriminalkommissarie Jesper.

-Tja, om det nu skulle bli så, tycker jag ändå att han kommer för lindrigt undan. Mig har han definitivt skadat för livet på så sätt att jag aldrig kommer kunna slappna av helt någonsin. De blåmärkena han gav mig är visserligen läkta, men rent psykiskt finns inga planer att jag kommer glömma vad han utsatt mig för. Dessutom vet vi ju att han dödat människor! Som om inte det skulle räcka, så fungerar ju rättssystemet så att om han inte bråkar alltför mycket på anstalten, lär väl Albert släppas fri efter bara drygt fyra år, eller vad tror du? undrade Linn.

-Jag kan inte säga emot dig, för jag tror du har rätt helt och hållet. En ännu större fråga anser jag dock är, hur Jacobsson kommer ut som person den dagen han avtjänat sitt straff. Förhoppningsvis hinner han fundera på sina handlingar och därmed inser att han inte kan fortsätta på samma vis. Tyvärr finns det inga garantier för att det verkligen blir så, svarade Jesper och tittade ut genom fönstret.

-Statistiskt sett vet jag att ett riktigt långt fängelsestraff inte är lika med att förbrytare ändrar livsstil och sköter sig när de släpps fria, det kan till och med vara tvärtom. Trots att de får professionell behandling, är det som om en del personer går det aldrig att få ordning på. Men så mycket är helt klart, att så länge de är frihetsberövade så gör de ingen större skada på oskyldiga utanför murarna, konstaterade hon och suckade.

-Du har rätt på varje punkt, det råder det ingen tvekan om. Ska vi hitta något att glädja oss åt i eländet, så är det att vi har väldigt bra utredningsarbete bakom oss som gör att åklagaren kan stå emot Jacobssons advokat, fortsatte Jesper.

-Så är det givetvis. Vill du kika på rapporten jag skrev om personerna i den blå bilen vi träffade på förut? frågade Linn.

-Nej, det är inte nödvändigt. Varför de parkerat på fel sida just där är för mig en gåta, men vi får väl gå på att de helt plötsligt fått fel på bilen som de sade. Visserligen hade det varit lämpligare att stanna på höger sida, men i nuläget finns det värre brott vi måste ta itu med. Hade du inte påmint mig om händelsen är det inte säkert jag upptäckt att en rapport saknats om det här, svarade kriminalkommissarien och log.

-Klart att det inte var en speciellt allvarlig förseelse, men intrycket jag fick av dem var att det knappast var helt oskyldiga duvungar precis. På samma gång som de verkade självsäkra och tuffa, lyste deras osäkerhet igenom. Det skulle inte förvåna mig om det var något brottsligt de planerade, berättade Linn.

-Visst kan det vara som du säger, men du får inte glömma att de flesta blir rätt så nervösa när de står öga

sköta allt snyggt så att vi slipper hamna på kåken bara för att vi städar upp, fortsatte Ludvig och garvade.

-Det är tur att du tänker så, för att hamna i fängelse igen är jag absolut inte road av. På samma gång känns det ganska rått när du säger så där, jag menar det mest idealiska hade ju varit om det gått att lösa utan så våldsamma metoder, sade Scotten lite nedstämt.

-För tusan, sådant där mesande håller aldrig! Det är möjligt att det finns en del blåögda och inskränkta individer som tror gott om alla människor och att det går att prata alla till rätta. De som inbillar sig det har hittills klarat sig undan många typers rätta jag. Ibland önskar jag att de blir utsatta rejält någon gång så att de vaknar upp från drömvärlden, berättade Ludvig bestämt.

-Jag håller givetvis med dig till stora delar, det är bara det att man tänker lite annorlunda när man inte bara har sig själv att bry sig om. Inom kort får Lisa och jag barn och i sådana lägen påminns man om att alla faktiskt varit små oskyldiga barn en gång, förklarade Scotten.

-Det är möjligt att du har rätt i det avseendet, men du måste inse fakta att en del barn växer upp och blir riktiga jävlar. Glöm inte att jag blev överfallen och rånad samt att du blev skottskadad idag, sade Ludvig.

-Helt klart är det ett komplext problem och i slutänden vet jag att dina argument håller. Både du och jag har haft en ofantlig tur som klarat oss än så länge. Men jag vidhåller ändå att det bästa hade varit om det gått att lösa allt utan våld. Jag måste sluta snacka nu för vi ska käka, men du får höra av dig när du har funderat ut hur vi ska göra, sade Scotten samtidigt som Lisa och Henrik kom innanför dörren.

-Visst, jag hör av mig. Förresten, en tanke som slog mig nu, tror du att de som sköt dig vet om att du överlevde? frågade Ludvig.

-Det är möjligt att de uppsökte platsen efter att polisen åkt därifrån och därmed insåg att jag inte var kvar. Vad tänkte du på? undrade Scotten.

-Det slog mig att vi kunde få min syrras kille Petter som är journalist att läcka ut att du var död eller svårt skottskadad. På så sätt kunde vi få ett visst försprång, förklarade Ludvig.

-Jag förstår hur du tänker, men vill fundera lite. Jag kan ringa lite senare, sade Scotten.

-Det går fint, vi hörs, sade Ludvig och tryckte på röd lur.

-Jädrar, nu är det nog risk att vi får många munnar att mätta! utbrast Lisa och hängde av sig kappan.

-Vad säger du, menar du att det inte bara är ett barn på gång? frågade Scotten förvånat.

-Jag tänker på Henrik. Den bocken fick naturligtvis syn på Stella och slet sig, jag hade inte en chans att hålla emot. Dessutom ryckte sig Stella fri med och innan vi hittade dem hann det gå tio minuter minst, förklarade Lisa andfått.

-Hehe, då kanske vi får öppna en kennel snart, sade Scotten och garvade.

- - - - -

Kapitel 3

Trots att Leila verkligen trodde på att mössan över cykelhjälmen var till nytta, ville inte huvudvärken ge sig. Hela natten skar det som knivar uppe i skalpen vilket gjorde att Leila aldrig kom in i någon djupsömn, med följden att hon kände sig allt annat än utvilad när det var dags att stiga upp morgonen därpå. En blick ut genom köksfönstret gav beskedet att det återigen var en kylig nordanvind som envisades med att göra tillvaron för allt levande till en pina.

-Jag får försöka komma iväg lite tidigare till jobbet idag så att jag hinner gå. Visserligen börjar smärtan ge sig nu, men utsätter jag mig för fartvinden när jag cyklar också, så lär jag få dras med problemet, sade Leila och smuttade på den varma chokladdrycken.

-Vad jag förstod på dig så fick du inte plats med någon mössa innanför hjälmen, men vi kan väl byta, för min är alldeles för stor. Dessutom har jag ju bara hälften så långt till jobbet så jag klarar mig nog, föreslog Petter.

-Ja, det vore ju schysst. Vi kan prova idag så får vi se, för ska det fungera måste ju min cykelhjälm passa dig med då, förklarade hon.

-Vi kan testa direkt, jag hämtar dem i hallen. Ska du ha den stickade mössan eller har du någon annan? undrade Petter.

-Visserligen har jag väl egna som jag trivs bättre i, men för chefen och hans svärmors skull kanske jag ska ha den där på mig ett tag. Den verkar rätt så välgjord, jag fattar bara inte varför den är så jäkla stor. Om jag tvättar

22

den på nittio grader borde den väl krympa, eller vad tror du? frågade Leila.

-Det är värt ett försök. Släng den i tvättmaskinen när du kommer hem ikväll så får vi se hur den blir. Vi har väl några påslakan som egentligen inte skulle skada om vi körde med i den temperaturen, fortsatte Petter medan han tog ett rejält bett i en ostmacka.

-Så får det bli. Din hjälm passar bra för mig, vad tycker du om min, är den för trång? undrade hon.

-Den fungerar perfekt som det känns nu i alla fall. Vi testar idag, skaver det eller så, får vi helt enkelt köpa nya hjälmar. Slutar du som vanligt runt sexton idag? frågade Petter.

-Om inget oförutsett inträffar, så blir det väl där omkring. Den där Albert Jacobsson som bland annat trakasserade Linn och sålde droger, ska flyttas från häktet idag. Jag tror han fick sex års fängelse, berättade Leila.

-Jaha, då får vi hoppas att han kommer ut som en ny människa när han släpps fri. Vad säger Linn om domen? undrade han.

-Vi har inte pratat just om det, men det är möjligt att hon snackat med Jesper. Jag antar att Linn tycker det är skönt när de spärrar in honom, då kan hon nog äntligen känna sig lite säkrare och vågar förmodligen röra sig fritt på ett annat sätt. Nu måste jag sticka, vi ses sedan då älskling, sade Leila och började ta på sig ytterkläderna.

-Visst, ha det bra och var försiktig, svarade Petter mumlande från badrummet med munnen fylld av tandkrämsskum.

- - - - -

23

Otåligt tittade Scotten på sin mobiltelefon när han kommit till sitt jobb på Allsvets AB. Hans förhoppning var att Ludvig skrivit några rader om hur de skulle kunna bli kvitt de som åsamkat dem sådant besvär den senaste tiden. "Besvär", var en rätt så lindrig benämning, tänkte Scotten efter en stund. Asen hade ju faktiskt slagit halvt ihjäl Ludvig när de stal hans klocka och han själv hade lika gärna kunnat bli dödad av en kula som träffat bara runt femton centimeter från hjärtat. Att deras skjutning berodde på att Ludvig och han gjort allt för att ta livet av typerna genom att spränga en gasbil bredvid dem kunde rimligtvis vara en orsak till upptrappningen, men det var inget Scotten fördjupade sina tankar i. En snabb blick på väggklockan visade att det var lagom att dra på sig arbetskläderna och sätta igång. Visst kändes det skönt att ha ett fast jobb och nu hade de dessutom fått in en rejält stor order som tryggade sysselsättningen en bra tid framöver. Emellanåt oroade han sig dock för vad som skulle ske härnäst, med honom eller någon närstående. Drömscenariot att allt var lugnt från och med nu verkade långt borta. Det bästa för hans del vore helt klart om Ludvig och han på något sätt lyckades förinta antagonisterna, givetvis utan att de själva ertappades för gärningen.

Precis innan han skulle lägga in sin telefon i skåpet, såg han att det var en markering för påminnelser under dagen. Plötsligt kom han ihåg att det var en träff för Lisa och honom klockan femton med de som snart skulle bli föräldrar. Av olika anledningar hade Scotten inte varit med på de två tidigare mötena, men det idag hade Lisa särskilt bett honom att försöka närvara vid. Samtidigt kom bossen in och morsade och då passade han på att be om kompensationsledigt från halvtre, vilket inte mötte några hinder.

Timmarna fram till lunch bara rusade fram och exakt klockan tolv avslutade han arbetet för att sticka hem och käka samt rasta Henrik. Väl hemma väntade blodhunden ivrigt på att få besöka parken igen, om det var för att tömma blåsan eller få en intim stund med Stella visste inte Scotten, men han kunde lätt konstatera att det verkade angeläget. Ingen cocker spaniel syntes till, så lite moloken följde Henrik med in igen för att få sin matskål fylld samtidigt som Scottens mat värmdes i mikrovågsugnen.

Precis innan han skulle cykla till arbetet igen, fick Scotten ett sms från Ludvig. Han skrev att de kunde träffas framåt kvällen om det passade, så kunde de börja slipa lite på planeringen. Till svar skickade Scotten tummen upp, innan han trampade iväg.

- - - - -

-Förresten, hur står det till med huvudvärken idag? frågade Jesper när de gick till fikarummet.

-Jo tack, jag hade faktiskt nästan glömt bort den nu, det var värre inatt. Jag tror den stickade mössan hjälpte en del. Petter och jag bytte hjälm, så nu kan jag ha den innanför, förklarade Leila medan hon tog fram sitt smörgåspaket från kylen.

-Härligt att den kom till nytta. Det enda jag hade kunnat tänka mig att använda mössan till, var att ha barnbarnens julkappar i till nästa jul, typ som en tomtesäck. Den tanken gillade dock inte min fru, sade han och skrattade.

25

-Jaha, det var ju märkligt att hon reagerade så! Jag förstod på beskrivningen av transporten av Jacobsson, att den skulle ske med förstärkning. Är det tänkt att någon av oss ska följa med väktarna som extra säkerhet när Albert Jacobsson flyttas till Hall anstalten?

-Ja, jag blev så förvånad att Linn anmälde sig frivilligt till det. I min värld var det helt klart den siste som jag trodde ville följa med Albert dit, berättade hennes chef.

-Det tycker jag också låter konstigt, men ju mer jag tänker på det, så är det väl kanske bra att hon själv får se att han låses in för en bra tid framöver. Jag menar, det blir ju ordentligt bekräftat att Jacobsson är inspärrad på en klass ett anstalt när hon varit med och överlämnat honom där, spekulerade Leila.

-Jag har inte tänkt i de banorna tidigare, men det låter som en trovärdig förklaring. Blir väl lite som att ta tag i eländet själv och verkligen se till att det blir rätt utfört. Förhoppningsvis kan Linn komma tillbaka till ett tryggare liv sedan och våga slappna av mer än den senaste tiden, fortsatte Jesper medan han tog en mandelkubb till kaffet.

-Jag hade faktiskt förväntat mig att Albert skulle överklaga domen, för vad jag förstod så trodde hans advokat Annie Stolpe att han kunde fått en mildare dom i högre instans, sade Leila.

-Exakt vad jag har hört också. Av någon anledning verkade han nöjd med sex år, fråga mig inte hur han kunde vara det. Det var till och med så att han han log brett när domen avkunnades, berättade Stolpe för mig, tillade hennes chef.

-Man kan undra vad som rör sig innanför skalpen på

Jacobsson, för de flesta måste det vara en katastrof att bli inspärrad i flera år på en klass ett anstalt. Chansen att rymma eller komma därifrån före frigivningsdatum är trots allt i det närmaste obefintlig, sade hon och tryckte in sista smörgåsbiten.

-Den typen kan man undra om det någonsin blir något vettigt av. När jag tänker på honom går det kalla kårar längs ryggraden. Det finns mycket drägg som beter sig vedervärdigt, men de är nästan alltid behäftade med att ha en liten hjärna, om jag får uttrycka mig som jag vill. Med andra ord tycker jag oftast att de vi har att göra med i våra arbeten när det gäller brott, inte är speciellt smarta. Däremot har Albert gång på gång lurat oss rejält och jag är orolig för att vi inte har haft att göra med honom för sista gången, sade hennes chef och ryste.

-Jag känner likadant, men det är nog bäst vi behåller de tankarna för oss själva. Får Linn höra oss är risken stor att vi rör om rejält i huvudet på henne, förklarade Leila innan hon tog en kubb till kaffet efter smörgåsarna.

- - - - -

När Scotten klev in genom ytterdörren på familjecentralen, såg han dörren till rummet där mötet skulle hållas dras igen. Förmodligen var han inte sen direkt, men det spelade inte så stor roll, han fick smyga in och hoppas att de inte hunnit sätta igång. Diskret gick han försiktigt längst fram och satte sig vid Lisa, lagom tills en sköterska presenterade sig och hälsade dem välkomna. De fick veta en del om när det var dags att bege sig till förlossningen och att de skulle ringa innan. Det som oroade Scotten mest var hur de skulle gå tillväga när de kom hem igen med barnet, för då hade de ju ingen som helst hjälp att tillgå. Tyvärr var det inget som togs upp och Scotten kände sig inte bekväm med att fråga heller. Han hoppades att Lisa visste mer om exempelvis när barnet ville amma, sova och så vidare. Efter tre kvart var informationsmötet slut, så alla reste sig för att gå ut. Plötsligt fick Scotten se ett bekant ansikte bland de sju paren och instinktivt höll han andan för att verkligen få sin upptäckt bekräftad! En av de blivande fäderna var definitivt en i ligan som stulit Ludvigs Rolex, slungats ur bilen vid explosionen samt varit med vid skjutningen mot honom dagen innan. Deras iskalla blickar möttes och båda förstod att de var igenkända. Hade de mötts i en gränd eller åtminstone i ett mer enskilt område, skulle ofrånkomligen ett slagsmål på liv och död utspelat sig, där absolut en av dem aldrig överlevt. Nu var det som om ingen av dem tyckte att det var läge för något sådant, utan bataljen fick ske vid ett annat tillfälle. I den här stunden förstod Scotten att det aldrig skulle gå att lösa konflikten på fredlig väg, utan det var förintelse av den ena parten som gällde.

-Har du bilen Scotten, eller måste vi gå hem? undrade Lisa när de kom ut i friska luften.

-Vad sade du? frågade han frånvarande.

-Du verkar precis borta, blev du så tagen av det här så lär du väl ligga avsvimmad i en säng bredvid mig vid förlossningen! Var är bilen? frågade jag, sade Lisa igen.

-Den står hemma på parkeringen, men jag kan skjutsa dig på pakethållaren, svarade Scotten med tankarna på något helt annat.

-Hur du tänker nu, kan man ju undra. Det är knappast

läge för mig i det här tillståndet att sitta och skreva på en pakethållare, om du inte vill bli pappa ikväll, förklarade Lisa.

-Ursäkta om jag svarade lite konstigt. Mina tankar var på annat håll, ser du. Vi får väl gå lite lugnt hemåt och äta kvällsmat, svarade Scotten, dock utan att kunna släppa tankarna på de skarpa ögonen han mötts av nyss.

- - - - -

-Är det rapportskrivning fram till lunch, eller är det något annat som gäller? frågade Leila sin chef på väg från fikarummet.

-Jag hör att min telefon ringer, får höra först om det är något akut på gång, svarade Jesper och stegade in på sitt kontor.

-Då börjar jag så länge, så får du säga till om det är något vi ska åka på, sade Leila och loggade in på sin dator.

-Du får släppa det där, vi måste sticka till ett varuhus, de har tagit en tjuv på bar gärning, berättade hennes chef när han tryckt bort samtalet.

-Jaha, det är väl antagligen någon vi känner igen, förmodligen utrustad med en liten hjärna som du beskrev det förut, svarade Leila och log.

-Tja, jag skulle bli förvånad om jag inte har rätt i det avseendet den här gången också.Vad jag förstod på samtalet så kunde det röra sig om flera stycken snattare. En väktare finns på plats och försöker hålla ställningarna. Kom nu, vi måste sticka direkt! befallde Jesper och tog på sig ytterkläderna.

-Jag är klar, vart är vi på väg? frågade Leila.

-Ica Maxi, gamla Näckrosen. Kör du, för nu ringer det

visst igen, sade Jesper och räckte över bilnycklarna.
-Det kanske är större än vi befarade, sade Leila medan de rusade ut till bilen.
-Vi får utgå från att det är stort och trappa ner om det inte är det. Vi drar på oss västarna innan vi går in, för sådana där typer kan ha stickvapen på sig, förklarade hennes chef.
-Har vi fler patruller som kan tillkallas i närheten om det behövs? frågade hon oroligt.
-Egentligen inte, så vi får försöka reda ut det här själva. Jag har dragit på mig skyddsvästen nu, du får fixa din när vi kommer fram så kontaktar jag väktaren så länge, förklarade Jesper medan Leila stannade utanför butiksingången.
-Jag hoppas det inte är någon gisslansituation, det är väl risk för det, mumlade Leila tyst och kände hur adrenalinet pumpade.
-Väktaren håller fast en person vid kassan, men det är med all säkerhet minst två till som gömmer sig därinne. De är kända sedan tidigare och gick in tillsammans, upplyste Jesper henne om efter samtalet.
-Vi får se till att ropa ut att butiken ska utrymmas. Infinner sig inte gärningsmännen då, får vi söka igenom lokalen, föreslog hon.
-Ja, men då ser vi till att få hit hundförare Olsson med Chapman för det tror jag är säkrast, svarade Jesper.
-Kassabiträdet ser helt skräckslagen ut! Jag hör henne först så får du ta dig an typen som väktaren håller fast, fortsatte Leila.
-Visst, det är rätt tänkt. Låna hennes mikrofon och ropa ut att butiken ska utrymmas omedelbart. Samtliga får

ställa sina korgar och kundvagnar där de står och sedan bege sig mot utgången, sade Jesper med barsk stämma.

-De måste fortfarande befinna sig härinne, för ingen av dem har setts gå ut, av signalementen att döma. Kassörskan uppger att alla utrymmen är kameraövervakade härinne, men enda stället där man kan titta på filmerna, är på chefens kontor, upplyste Leila.

-Jag förstår inte att det skulle vara ett problem. Kontakta butikschefen och säg att han ger oss tillgång till övervakningsfilmerna direkt, svarade hennes chef irriterat. Samtidigt knappade han fram numret till hundföraren, för att ringa honom.

-Dilemmat är att hennes chef är hos frisören och har bestämt sagt ifrån att han inte vill störas, förklarade Leila.

-Jag skiter i om han har tuppkam, pipskägg och polisonger som ser ut som kycklingklubbor! Han ska infinna sig här genast! Annars går det ut en efterlysning på honom! vrålade Jesper som var nära ett upplösningstillstånd.

- - - - -

Kapitel 4

Scotten hade svårt att fokusera efter händelsen vid mötet för blivande föräldrar. Hela tiden oroade han sig för vad nästa drag kunde bli och vad det skulle innebära. Att han om några timmar skulle invigas i Ludvigs planer, gjorde honom knappast lugnare heller. Även vid en tillnärmelsevis perfekt plan kunde något uppkomma som man förbisett. Detta kunde lätt få oanade konsekvenser, inte bara i närtid utan även på längre sikt.

-Jag går och vilar i soffan en stund innan jag sticker över till Ludvig, sade Scotten när de ställde bort disken efter kvällsmaten.

-Det kan väl vara skönt, inte minst efter vad du fått vara med om de senaste dagarna. Vill du att jag ska titta på hur skottskadan läker med? undrade Lisa.

-Ja, det vore hyggligt. Jag tar ett par tabletter till för värken nu, för det moler som tusan i axeln. Antagligen är det ingen infektion på gång utan ren överansträngning. Det var nämligen rätt så monotona arbetsuppgifter på jobbet idag, förklarade han.

-Egentligen hade det nog inte skadat om de fått sy det här, men på samma gång verkar det läka fint. Man kan se en lätt rodnad och svullnad, men det är inget anmärkningsvärt, berättade hon.

-Jag hittade faktiskt riktig tejp till sår på jobbet idag och tog med en rulle. Du kan väl smeta dit den så kan det inte bli annat än perfekt, sade Scotten.

-Har du den i jackan eller var lade du den någonstans? frågade hon.

-Jag lade den i smörgåslådan så att jag inte skulle glömma den på jobbet. Det gör väl inget om tejpen luktar medvurst, eller vad tror du? undrade han och garvade.

-Risken finns förstås att Henrik tror att du är en enda stor ätbar korv och börjar gnaga på dig, sade Lisa och skrattade.

-Tusan, då får vi sätta munkorg på jycken! Det är ju lätt ordnat, värre blir att fixa så att han inte sätter på Stella fler gånger, fortsatte han.

-Förhoppningsvis blir du snart bättre och kan därmed rasta Henrik själv, så då kanske han inte kan slita sig. Vill du ha ett glas vatten till dina värktabletter? frågade Lisa.

-Möjligt att det går utan vatten, men visst vore det snällt om jag fick något att skölja ned dem med. Jag brukar kunna svälja tabletter ändå, enda nackdelen med det är att man får en rätt äcklig eftersmak, förklarade han.

-Jag vilar en stund med, fast på sängen. Benen svullnar upp och blir grova som på en elefant efter att man stått och gått en hel dag. Då är det skönt att lägga upp dem på en rejäl kudde, berättade hon.

-Gör du så, jag sätter larmet på klockan arton, vill du att jag väcker dig då? frågade han.

-Nej, det gör inget om jag somnar, för just nu känns det som om jag kan sova hur mycket som helst. Det är så sövande att höra Knasen ligga och spinna på kudden bredvid, sade Lisa och gick mot sovrummet.

-Fick jag inget vatten att dricka? undrade Scotten.

-Nej, just det! Tyvärr glömde jag det och nu har jag lagt mig, men det fixar du väl själv, älskling, sade Lisa och gäspade.

-Det är lugnt, jag hämtar ett glas i köket. Tusan vad lukten av medvurst satte sig i tejpen, det luktar ju genom tröjan med, beklagade sig Scotten och lade sig i soffan igen.

- - - - -

Samtidigt som Olsson dök upp med Chapman, kom butikschefen flåsande med halva huvudet nyklippt.

-Leila, kolla på filmerna med butikschefen var de gömmer sig. Jag åker med den här juvelen till stationen så länge, så kan ni kom ner med de andra sedan, sade hennes chef.

-Visst, har du muddrat den där redan? frågade Leila och nickade mot personen som väktaren höll fast.

-Ja, han hade oxfilè för över tusen spänn på sig. När han blev ertappad, försökte han sig på att råna kassörskan. Som väl var fanns en rådig väktare inom synhåll och kunde ingripa. Bra gjort! sade Jesper berömmande.

En halvtimme senare anslöt Leila och Olsson till polisstationen, med två som gömt sig under fruktdiskarna.

-Legitimationen de har på sig visar att de båda är under arton. Det som talar emot detta är att ID korten verkar förfalskade, eller vad anser du? frågade Leila och sträckte fram handlingarna.

-Jo visst är de oäkta, men de var jäkligt bra gjorda. Vi får ta reda på vem som tillverkat dem och se upp vid liknande händelser framöver, sade Jesper efter att han noggrant synat ID korten.

-Tyvärr hade de tömt sina fickor på stöldgods när vi grep

dem. Visserligen låg det lite av varje under fruktdisken, men det går ju inte bevisa att de tänkte stjäla det, jag menar att en bra advokat förmodligen skulle hävda att prylarna legat där sedan tidigare, förklarade Leila.

-Jag förstår, det var förstås typiskt. Med andra ord kan vi bara gripa dem för att gå omkring med falska leg, men det är trots allt något. Den förste djupingen jag tog in hade varor på sig, men hans identitetshandlingar verkar vara okej, fortsatte hennes chef.

-Har vi möjlighet att fastställa identiteten på dem jag fick med mig? undrade Leila.

-Ja, det ska inte vara några större problem. Vi jämför deras fingeravtryck med dem vi gripit tidigare. Jag känner igen deras nunor och vet att de varit gripna förr, men det är nog ett eller två år sedan sist, förklarade Jesper.

-Är det lönt att börja skriva rapporter nu, eller ska vi ta det efter att vi ätit? undrade hon.

-Vi kan väl käka lite tidigare tycker jag, så får de sitta i varsin cell ett tag och begrunda sina synder. Vi lämnar över deras fingeravtryck till teknikerna först bara, så borde de kunna fastställa vilka de är i eftermiddag. Det är väl min tur att bjuda på mat idag, passar det med stället på Folkungagatan? undrade Jesper.

-Buffé är aldrig fel! Har man dessutom ingen tidspress utan kan äta i lugn och ro, så är det komplett. Jag tar täten, siste man betalar! svarade Leila och gick iväg före sin chef med ett brett leende.

- - - - -

Innan Scotten gick iväg till Ludvig, tog han fram en påse muffins från frysen. Av erfarenhet visste han, att ville man ha något till kaffet hos honom så var det säkrast att ta med sig något själv. Försiktigt kikade han ut genom fönstret i portdörren för att se så att ingen lurpassade på honom, men det verkade lugnt. Att hans ovänner hade noga koll på var han höll hus och sysslade med, tog han för givet. Vid mötet tidigare under dagen hade Scotten reagerat på en sak. Den blivande pappan med stålblicken som försökt döda honom, hade haft en logga på sina byxor som hörde hemma på en elfirma i staden. Det förvånade honom, att en sådan typ verkligen lyckats skaffa ett ärligt arbete. Möjligheten fanns visserligen att han snott brallorna någonstans, men det verkade mindre troligt. På samma gång var det väl rimligt att även han var tvungen att betala hyra och mat, inte minst om han hade ett förhållande med någon som han väntade barn med. Det var väl bara det att han inte riktigt vant sig vid den tanken, spekulerade Scotten medan han gick.

När han tog fram sin mobiltelefon för att se om batteriet var hyggligt laddat, ifall Lisa hörde av sig, såg han att klockan närmade sig halvsju. Visst var det mörkt nu, men han hade lagt märke till att det faktiskt vänt och numer blev allt ljusare för var dag som gick, vilket gladde honom.

-Förbannat på riktigt, nu är det kris! utbrast Ludvig när han öppnat dörren åt honom.

-Jaså, vad är det som har hänt? frågade Scotten oroligt.

-När jag skulle förbereda kaffet till oss, rasade hyllan i golvet där alla kaffekoppar stod. Varenda jävel gick sönder, så nu har vi inget att dricka ur, fortsatte Ludvig förtvivlat.

-Det hyllplanet var ju löst redan i somras, att du inte

åtgärdat det, anmärkte Scotten.

-Jag vet, men det har bara inte blivit gjort. Vi får väl helt enkelt hälla upp kaffet i varsin djup tallrik, för nu när jag känner doften från bryggen, vägrar jag att hälla ut det i slasken. Vill du ha en stor eller liten sked att sörpla i dig med? frågade Ludvig medan han hällde upp.

-Tusan vet vad som är lättast. Jag testar utan sked först så får jag se om det går. Har du något brödfat till muffinsarna jag tagit med? frågade Scotten.

-Nej, sådant är bara för fjollor! Töm påsen på köksbordet, det smakar säkert inte sämre för det! Är du certifierad barnmorska nu efter dagens utbildning? frågade Ludvig.

-Ha! Kan du tänka dig, vi fick lära oss hur man ska andas! Som om jag inte gjort det i över tjugo år redan. Luften ska in genom snoken medan munnen är stängd och sedan ska man pysa ut luften genom truten, gärna så att det hörs. Därmed koncentrerar sig Lisa på mina läten och glömmer bort att det gör ont att få ut ungen. Svårare än så är det inte, om jag förstod det rätt, förklarade Scotten.

-Jag tror inte att du har fattat hälften, det måste väl vara mer högteknologiskt än så. Nå ja, det är ditt problem. Jag har i vart fall utarbetat en plan för hur vi ska utrota skadedjuren vi dragits med under sista tiden. Så fort vi fikat färdigt så förklarar jag, sade Ludvig innan han greppade muffins nummer tre.

- - - - -

Leila kunde inte låta bli att tänka på bröllopsresan de varit på för ett par veckor sedan. På Teneriffa hade ljuset gjort henne så mycket piggare, men även den sköna värmen hade spelat stor roll. Det var som om hennes problem med ryggen plötsligt försvann när de kom dit, förmodligen på grund av att hon inte som här behövde gå och spänna sig hela tiden. Visst gick det att klä på sig en massa lager kläder för att slippa frysa här hemma, men då blev allt genast betydligt stelare och otympligare. Dessutom var det ett otroligt jobb att dra på och av sig kläderna hela tiden och ett jäkla passande för att slippa bli svettig eller frysa. Under resan hade det bara varit att antingen sätta sig i skuggan eller gå ut i solen, så var problemet löst.

-Det ser ut som om du har tankarna långt borta. Jag antar att det inte är ligisterna vi grep nyss som du funderar på, för du ser väldigt glad ut, sade hennes chef analyserande.

-Ha, du har helt rätt! Det som gör mig lycklig är först och främst tankarna på veckan i solen som jag och Petter avnjöt. Sedan går det inte att komma ifrån att jag gillar att äta gott, precis som nu, förklarade Leila och slöt sina ögon.

-Hur som helst bör vi vara på stationen om en halvtimme igen, så får vi se vad vi kan klämma fram ur snattarna. Jag är mest nyfiken på vem som lyckats göra så bra förfalskningar av ID-korten, berättade Jesper.

-Ja, det är faktiskt riktigt otäckt. Man utgår väl oftast från att en sådan handling alltid är äkta, men tydligen blir det till att verkligen titta noga i fortsättningen, sade hon.

-Vill du ha en slät kopp kaffe på maten, eller något till? frågade han.

-Jag såg att det fanns friterade bananer och gammaldags vaniljglass till efterrätt, det bara måste jag ha! Men du får gärna hämta en mugg kaffe till mig, talade Leila om.

-Jaha, vill du ha socker och grädde till? frågade hennes chef medan han reste sig.

-Nej, det är klart att jag inte vill det. Man måste ju tänka på att undvika onödiga socker och kaloriintag, svarade Leila med en självklar min.

-Jag tror vi lägger upp det så här i eftermiddag. Som vanligt förhör vi dem var för sig och kollar om det ger något. Blir det ingen öppning med det, försöker vi få till en husrannsakan i deras bostäder, det vill säga när vi fått svar om deras identiteter av tekninska, förklarade Jesper och smuttade på kaffet.

-Har du en misstanke liksom jag att det kanske är någon av dem själva som ligger bakom tillverkningen av falska ID-kort? undrade hon.

-Ja, just att de inte vill tala om vilka de är, tyder klart på att de har mycket smolk i sina bägare och har något de vill dölja. Det är också fullt möjligt att de har flera identiteter, det har vi ju varit med om förr, fortsatte han.

-Vi får verkligen hoppas att åklagaren ger oss rätt att titta på deras tillhörigheter, annars står vi bara och stampar på samma ställe, sade Leila.

-Jag tror det ska gå att övertyga om att det erfordras en husrannsakan. Får vi inget beslut i eftermiddag, försöker vi hålla kvar dem så länge vi får, så då borde det hinna lösa sig. Är du färdig så att vi kan gå tillbaka till stationen? frågade han.

-Ja, nu har jag ätit färdigt, ska bara hälla i mig kaffet som är kvar. Det smakade riktigt gott, tack ska du ha! Vi får nog bara se till att inte gå för fort, för då får jag håll, förklarade hon.

-Skulle det vara så att någon möjligtvis fått i sig för mycket kalorier, är det nog ett gyllene tillfälle att förbränna dem nu, svarade Jesper och drog på i ett hiskeligt tempo.

- - - - -

-Idèn jag hade förra gången var inte alls så dum, vi hade bara ett jäkla oflyt. Hade inte bakdörren öppnats av någon så hade säkerligen utgången varit en helt annan, berättade Ludvig.

-Så du menar att det är läge för en sprängning igen? undrade Scotten oroligt.

-Tja, om man vill tillintetgöra flera på en gång så är det vad som gäller. Fördelen med en kraftig laddning är dessutom att alla eventuella spår som kan leda till oss, försvinner all världens väg. En sak till är att den går att tidsfördröja och därmed skapar vi oss ett bra alibi, sade Ludvig.

-Men det blir väl svårt att ställa in sprängningen precis i tid så att det stämmer? fortsatte Scotten.

-Det löser vi på så sätt att de utlöser den själva. Jag kan bygga in sensorer som känner av när de är på plats allihop. Om det blir i deras bil eller hemma hos någon av dem beror på vad vi kommer fram till, vilket som är lämpligast. Vill vi istället för sensorer ha en kamera som visar när det är läge att trycka av, så fixar jag det, sade Ludvig.

-Vi får helt klart räkna med ett jäkla pådrag om vi tar livet av fem personer. Risken är väl hur stor som helst att vi blir huvudmisstänkta direkt, mumlade Scotten.

-Visst är det på det viset. Jag tror det är oundvikligt,

därför är det grymt viktigt att vi har hållbara alibin. Inget som binder oss vid gärningen får framkomma, för då är det kört. Sedan gäller det för oss att kunna leva med det här resten av livet utan att någonsin försäga oss, sade Ludvig och spände ögonen i Scotten.

-Du vet liksom jag att vi knappast har något fläckfritt förflutet, vi är redan delaktiga i mord eller åtminstone vållande till annans död. Förhoppningsvis har vi så pass härdade samveten som vi kan gömma oss bakom. Det blir faktiskt en form av välgörenhet, sade Scotten.

-Dels det, men även att vi inte har något annat val. Om inte vi ser till att utplåna dem, lär vi aldrig kunna koppla av någonsin. Skulle de mot förmodan skona dig och mig, ger de sig väl istället på våra flickvänner eller kanske ert barn framöver, förklarade Ludvig.

-Okej, du har övertygat mig, men den här gången får absolut inga misstag ske. Lyckas vi bara till hälften får vi räkna med att de gör allt för att ta livet av oss. Hur snabbt kan du ordna med sprängmedel? undrade Scotten.

-Inom en vecka borde den biten vara klar. Sedan är det så mycket annat som måste planeras, det får ju som du säger inte skita sig på något, berättade Ludvig.

-Vi får hoppas vi hinner före dem, för jag är rädd att de är ute efter oss med. Det såg jag senast idag när en av dem var på familjecentralen. Den blicken var knappast mild, förklarade Scotten och ryste.

- - - - -

41

Kapitel 5

-Så där ja, nu har jag kvitterat ut extra ammunition om det behövs under transporten, sade Linn till Leila när de kom tillbaka efter lunchen.

-Det är väl bra att du har garderat dig ifall det blir något fritagningsförsök. På samma gång begriper jag inte att du tog på dig uppgiften att åka med, när du resonerar på det viset. Får vår chef höra dina tankar anser han nog att någon annan ska följa med, svarade Leila.

-Jag känner mig rätt säker med Albert handfängslad i ett eget utrymme i bilen, plus att jag har både tårgasspray och laddat vapen. För mig ska det bli skönt att verkligen få bekräftat att han hamnar bakom lås och bom för en bra tid framöver, förklarade Linn.

-Jo, det kan jag förstå. Vad jag förstod så är det väl förmodligen bara en bråkdel av brotten han gjort, som han dömts för. Det var väl bland annat ett värdetransportrån för några år sedan som han misstänktes ligga bakom. Fortfarande saknas det minst tio miljoner från den stöten, sade Leila.

-Det har jag också hört, men det finns ju inga bevis för det. Även om mycket pekar på att han var hjärnan vid den kuppen, fanns det inget som styrkte det. Med andra ord så kan det faktiskt vara vem som helst. Jag tvivlar på att sanningen kommer fram, sade Linn.

-Där kommer visst kriminalvårdens fordon, de hämtar visst dig innan de åker till anstalten i Arnö, sade Leila och nickade mot parkeringen utanför fönstret.

-Perfekt, då är de i tid. Med lite flyt är jag nog tillbaka vid sjutton-tiden, svarade Linn och gick ut genom dörren.

-Lova att vara försiktig, sade Leila innan hon styrde stegen in mot sitt kontor.

Med bara en vinkning till svar rusade LInn ut till den väntande bilen.

-Som jag sade, tekniska har redan fått fram identiteten på alla tre tack vare fingeravtrycken. Du kan börja förhöret med en, så kontaktar jag åklagaren angående husrannsakan, berättade hennes chef som precis kommit från toaletten.

-Då tar jag den mesigaste typen först, han är nog lättast att knäcka. Linn har förresten precis åkt iväg med fordonet som ska transportera Albert Jacobsson till Södertälje, eller rättare sagt Hall, fortsatte hon.

-Så bra, då får vi hoppas att vi slipper höra talas om den djupingen mer, sade Jesper innan han knappade fram numret till åklagaren.

-Vet du när deras advokater skulle dyka upp, om de undrar? frågade Leila.

-Jag tror de var inbokade på annat tills imorgon förmiddag, svarade Jesper innan han lyssnade av åklagarens svarsmeddelande i telefonen.

-Är det några problem? du ser så fundersam ut, sade hon undrande.

-Typiskt, det är visst någon jäkla konferens för de flesta inom domstolsväsendet ända tills imorgon lunch. Då får vi inte möjlighet att se vad de döljer hemma hos sig innan dess, fortsatte Jesper.

-Egentligen är det väl inte så farligt, det enda det medför är ju att de får sitta här över helgen. Därmed hinner vi förhöra dem grundligt, sade Leila.

-Glöm inte att deras advokater kommer imorgon och sedan blir det ännu svårare att få ur dem något av värde. Men visst, vi har inget annat alternativ utan får gilla läget. Nu när jag inte är upptagen, kan vi två tillsammans pressa en i taget, jag tror det kan vara bättre i det här läget, fötreslog Jesper.

-Du menar att vi ska göra som i alla klassiska deckare på TV, där en polis är snäll och den andre hugger som en kobra! Vilken typ vill du vara idag? frågade hon och skrattade.

-Jag kan vara den generösa och milda förhörsledaren och fråga snällt först. Sedan kan du komma med släggan och rensa rent, sade Jesper och log.

-Okej, då kör vi på det. Såg du att det fanns kolor kvar i skålen vid receptionen? Du kanske ska börja med att bjuda på sådana så står de genast i tacksamhetsskuld och vill vara hyggliga tillbaka, föreslog Leila.

-Det låter som en förbaskat bra idé, jag är inte ett dugg förvånad om det kommer att fungera! Hämta mesbuse nummer ett och för honom till förhörsrummet, så går jag och hämtar godiskålen. Säg inte ett ord till honom, utan spänn bara en grym blick i fanskapet, instruerade hennes chef.

-Men så du säger, tänk på att alla människor är lika mycket värda och förtjänar en andra chans, svarade Leila.

-Huja, visst. Helst ska de väl få en tredje, fjärde och femte chans med, eller hur? sade han.

-Så ska det låta, våga inte säga något annat, för då blir du nog kommenderad att gå en kurs, fortsatte hon.

-Jag hoppas att ingen av dem provocerar mig, för då

kanske vi får byta roller, sade Jesper innan han gick iväg mot receptionen.

-Haha, den möjligheten finns ju alltid, men då blir de nog konfunderade om vi beter oss på det viset. Vi ses om fem minuter i förhörsrum ett, svarade hon.

-Förbannade satkorv! vrålade Jesper efter att ha tappat ett par kolor på golvet och sedan gått rakt in i sidan på dörren till förhörsrummet. Smärtan i pannan var enorm, och genast kände han med handen i pannan för att kolla om det blödde.

-Oj, hur gick det? utbrast Leila och rusade fram medan ett fnissande hördes från mesbusen.

-Rollistan har just blivit ändrad, jag är på humör att mörda någon närsomhelst, svarade hennes chef följt av en två meter lång svordomsramsa, samtidigt som han räckte över skålen till Leila.

- - - - -

-Känner du vad det sparkar? frågade Lisa och förde Scottens hand till sin mage.

-Ja, helt otroligt, gör det inte ont och varför känns det så väl när du ligger ner? undrade Scotten oroligt.

-Jag tror hon märker av tydligt när jag är stilla och då vill röra lite på sig. När jag går omkring blir babyn automatiskt vaggad antar jag. Speciellt ont kan jag nog inte säga att det gör mer än någon gång ibland, sade Lisa och andades långa djupa andetag.

-Du sade hon, hur kan du veta att det inte är en kille? undrade han.

-Sådant känner en mamma på sig. Kan du tänka dig, att om en vecka är vi föräldrar! sade hon med ett leende.

-Ja, det är helt fantastiskt! Det blir nog en väldig

omställning, faktum är att jag inte är helt säker på att jag klarar av det. Förresten så har vi ju inte ens bestämt oss för vad killen ska heta. För jag tror definitivt att det är en pojke, berättade Scotten.

-Visst blir det annorlunda, men det löser sig alltid. Samma sak med namn, jag tror att vi ser när barnet kommer, om det är en Jenny eller Wilma, förklarade Lisa.

-Eller en Lars, muttrade Scotten samtidigt som han reste sig för att gå en kvällspromenad med Henrik.

-Släcker du taklampan, jag är så trött och vill sova nu, sade hon och gäspade.

-Okej, sov gott. Jag kommer om en stund och värmer mig på dig, berättade han och garvade medan han tog på blodhunden kopplet.

-Fryser du får du kela med Knasen, han är alltid varm och god, sade Lisa och vände sig om.

Precis som om Henrik förstod att husse var skadad i axeln, drog han inte alls iväg, vilket annars var standard. Tankarna snurrade runt i hjärnan, det var så mycket stora grejer på gång. Det hade räckt med att behöva koncentrera sig på att snart bli pappa, men nu tillkom det stora bekymret när Ludvigs planer snart skulle sättas i verket. Även den fasansfulla tanken på att han på nytt kanske besköts, fick kalla kårar att ila längs ryggraden. Härligt nog, var Henrik nöjd med en kort utevistelse och vände ganska snart om för att gå hemåt igen. Så tyst Scotten kunde, tog han av sig sina kängor när de kom in i hallen. Inifrån sovrummet hördes Lisas snarkande ackompanjerat av Knasens spinnande. Bara en liten stund senare kom Scotten också till sängs, medan

Henrik tog plats på golvet.

Det sista han hörde innan han somnade, var att det just börjat regna. Dropparna smattrade hårt mot fönstret och Scotten var tacksam att de hunnit in från kvällspromenaden, utan att bli genomblöta.

Plötsligt vaknade han till av att det lyste i hallen.

-Är du uppe älskling? undrade han yrvaket.

-Ja, jag var tvungen att gå på toaletten. Klockan är bara fyra, så du kan lugnt sova vidare ett par timmar till, förklarade Lisa när hon lagt sig igen.

-Skönt att det äntligen är fredag och att det är en härlig helg på gång när vi slutar i eftermiddag, sade Scotten.

-Ja, visst är det! Dessutom är det min lediga helg, vi kanske borde hitta på något, svarade hon och kröp ner i sängen igen.

-Vi får väl fundera på vad det skulle kunna vara. Allt går ju inte att göra, dels är du ju höggravid, så vi kanske får åka in redan endera dagen, plus att jag är stel i axeln och ska väl exempelvis inte lägga mig i ett spabad så länge inte såret läkt helt, sade Scotten.

-Nej, det är klart att det begränsar en del. Eventuellt får vi väl festa till det här hemma med några filmer och god mat. Som du sade för ett tag sedan, så kan det nog bli slut på lugnet när vi får ett litet barn att ta hand om, förklarade Lisa.

-Låter som ett bra förslag med hemmamys. Tusan vad det regnar ute, bara det inte slår om till snö, för då blir det rena isgatan när vi ska till jobben, fortsatte han.

-Jag hör det också. Du kan väl köpa med mat och något gott att dricka tills ikväll, gärna alkoholfritt. Jag skriver till en jobbarkompis nu på morgonen och ber henne ta med några bra filmer hemifrån sig, för det har hon sagt att hon kan göra, sade hon.

-Ja, käk och dricka kan jag ordna. Tror du att vi bör handla till Ebba och Ludvig med, ifall de dyker upp? undrade han.

-Köp så att det räcker till dem med, det är ju så jäkla pinsamt att stå utan i sådana lägen, fortsatte Lisa.

-Då gör jag så, det kanske blir innan jag åker hem och går ut med Henrik, alltså direkt efter jobbet. Nu måste jag försöka sova drygt en timme till innan det är dags att stiga upp, svarade Scotten och sträckte på sig.

- - - - -

Jesper var inte alls bekväm med hur eftermiddagen hade utvecklat sig. Som väl var hade det inte gått hål i pannan och börjat blöda, men ett stort fett blåmärke var redan i antågande och värken efter kontakten med dörrhelvetet var hemsk. Till råga på allt kände han att telefonen gång på gång vibrerade i fickan, trots att han sagt till att han aldrig ville bli störd under ett förhör. Det enda som verkade fungera och det över förväntan, var Leilas taktik vid förhöret. Med en blandning av mild röst, leenden och kolor, lyckades hon få mesbusarna att glappa med truten som slussarna i Göta kanal. Utan att säga något till Leila, smög Jesper försiktigt ut från förhörsrummet för att kontrollera varför växeln envisades med att försöka få tag på honom. Det måste vara något extra viktigt, tänkte han medan en mugg kaffe fylldes i automaten han ändå passerade.

-Där är du ju Jesper! Det har inträffat något med transporten till Hall, vi har tappat kontakten med dem, förklarade receptionisten.

-Men vi måste väl i vart fall kunna se var fordonet befinner sig, för det är utrustat med GPS-sändare, svarade han konfunderat.

-Det gick att se tills alldeles nyss, men det är som om kontakten har brutits helt. Tror du att det är något tekniskt fel? undrade hon.

-Du har förstås redan prövat att ringa dem, eller hur? frågade Jesper.

-Ja, jag har sökt alla, dels de båda väktarna och även Linn men ingen svarar, berättade hon.

-Visa på skärmen var vi hade kontakt med dem senast, så får Leila och jag sticka dit med en gång. De kan väl bara hunnit högst ett par mil från Nyköping antar jag, sade han och satte ifrån sig sin urdruckna mugg.

-Det var här, konstigt nog verkar det som de kört av E4:an, berättade hon och pekade ut platsen.

-Har vi några andra patruller i närheten som kan vara på plats före oss? frågade han.

-Nej, tyvärr ser det värre ut på den fronten. Du tror med andra ord att något allvarligt har hänt, sade hon skärrat.

-Leila och jag får sticka dit omedelbart så vi får veta vad som är på gång. Jag anser inte att det är givet att något allvarligt skett, men det kan förstås inte uteslutas, svarade Jesper och rusade iväg för att hämta Leila och dra iväg norrut.

Sju minuter senare trampade han gasen i botten på accelerationsfältet till motorvägen.

-Jag tänker spontant att det rör sig om en fritagning, vad tror du? frågade Leila medan hon kollade sitt vapen.

-Det luktar väl något åt det hållet. I sådana fall är det förmodligen ingen vacker syn som möter oss. Jag

49

menar, Albert själv är ju ingen mjukis, så därmed kan vi räkna med att det gått ganska våldsamt till, spekulerade hennes chef.

-Jag tycker så jäkla synd om Linn, det var ju så onödigt att hon tog på sig den här uppgiften, sade Leila medan hon kände att vårrullarna var uppe och vände på grund av den våldsamma körningen.

-Så här i efterhand inser jag att det inte alls var en speciellt lysande idé att släppa iväg henne med transporten, men hon insisterade, förklarade han.

-Jag förstår ditt resonemang. Linn framhöll att det var en del i processen för att bearbeta händelserna hon fått utstå med honom. Hon verkade inte acceptera ett nej från någon, hon skulle bara åka med, sade Leila.

-Vi borde vara där inom en kvart, kan du kontrollera mitt vapen med, jag har nämligen en olustig känsla att det här kan sluta hur som helst. I värsta fall kan det till och med röra sig om gisslantagning. Därmed kan de kräva att fler ska släppas fria samt att få fri lejd ut ur landet, sade han och ryste.

-Eller så ligger väktarna och Linn i en stor blodpöl medan Albert fått hjälp därifrån, sade Leila tyst.

-Fasen att det skulle vara så mycket söndagsåkare på vägen idag! Det är ju snudd på att vi får börja skriva ut parkeringsböter och då är det en motorväg, sade han.

-Jag blir också grymt frustrerad av att gamla trötta långtradare ska försöka ligga och köra om varandra! De stoppar ju upp trafiken totalt, utan att vinna mer än kanske några minuter, tillade hon.

-Hängröv i motvind! Nu missade jag avfarten vi skulle tagit bara för att jag till slut fick möjlighet att köra om sölkorven! skrek Jesper hysteriskt.

-Ja, det var ju skit också. Du får helt enkelt fortsätta fram till nästa avfart, för där går det att vända, förklarade hon.

-Det måste gå tidigare, där framme ser jag en passage över till andra sidan för utryckningsfordon, håll dig i för nu bromsar jag! vrålade Jesper.

-Det var precis det, tusan vad det osar bränt! utbrast hon samtidigt som långtradarchauffören lade sig på signalhornet.

-På det här viset tappade vi högst en minut, ser du hur långt in de var på den här vägen när kontakten bröts? frågade hennes chef.

-Det kan röra sig om en halvmil. Tyvärr vet jag inte om fordonet är kvar där. Möjligheten finns att de lyckats slå sönder GPS-sändaren och dumpat mobiltelefonerna. I värsta fall är de långt härifrån redan, utan att vi har minsta ledtråd vart de tagit vägen, spekulerade hon.

-Det är tänkbart, men i så fall är det riktiga proffs vi har att göra med. Jag vill minnas att sändaren sitter väl gömd så att ingen ska kunna hitta den. Men det är klart, det är ju en verkstad som har monterat den, vars anställda mycket väl kunnat tala om det, mot viss ersättning. De kan till och med blivit hotade till livet om de inte sagt var den sitter, sade Jesper medan han ivrigt tittade sig runt omkring i hopp om att se transportfordonet.

-Det känns som att leta efter en nål i en höstack. Jag tror vi får åka in på samtliga småvägar för att kunna hitta dem, föreslog Leila.

-Ja, från den här vägen syns de helt klart inte. Jag vänder här framme så kan vi köra in på den enskilda vägen vi passerade nyss. Hittar vi inget inom en halvtimme får vi kalla på förstärkning, berättade han.

-Det brukar ju faktiskt ofta patrullera en helikopter över E4:an för att kontrollera hastigheten, jag undrar om de kan hjälpa oss, sade hon.

-Det är värt att pröva. Be centralen kontakta dem och höra var de håller hus någonstans. Med lite tur är de i närheten och kan hjälpa till, svarade Jesper hoppfyllt samtidigt som han svängde in vid den rödgula skylten.

- - - - -

Kapitel 6

Det kändes som han knappt hunnit sluta sina ögon innan larmet ilsket ljöd och talade om att det var dags att stiga upp. Normalt sett var det Henrik som väckte Scotten, men han verkade också osedvanligt trött. På grund av att det absolut inte fanns några valmöjligheter, så var det bara att dra på sig lite ytterkläder och ge sig ut med blodhunden. Vinden tog ett rejält tag i portdörren och det knakade i gångjärnen när den öppnades maximalt.Till sin glädje såg Scotten att kökslampan tänts när han kom till parken, vilket betydde att Lisa också var uppstigen. En blick bort mot deras V 60, visade att det fortfarande var plusgrader ute och därmed ingen större risk för halka. Det hade slutat regna, men han beslöt sig ändå för att ta bilen idag, dels för att det kunde komma mer nederbörd samt att han tagit på sig att handla efter arbetet.

-Ska du inte sova längre heller, älskling? ropade Scotten när han och Henrik kom innanför dörren.

-Nej, typiskt nog var jag tvungen att besöka toaletten igen och sedan tyckte jag inte att det var lönt att sova mer. Jag har gröten färdig, men du får bre på dina mackor till jobbet själv, sade hon.

-Det är okej, jag tar nog slut på medvursten då. Kanske köper leverpastej idag för att ha på mackorna nästa vecka, berättade han medan han hällde upp kaffet.

-Ville Ludvig något särskilt igår, eller var det bara en massa käbbel? undrade Lisa och log.

-Det var väl inget av större vikt som vi snackade om, vad

53

jag vill minnas. Kan du skicka en inköpslista till mig innan du börjar arbeta? Jag tycker det underlättar, fortsatte han.

-Det kan jag väl ordna, svarade hon.

-Jag måste åka nu, vi ses! sade Scotten och kysste henne innan han gick mot lägenhetsdörren.

Till svar fick han en kyss tillbaka.

På väg ner för trapporna tänkte han igenom så att han hade allt med sig. Smörgåsbox, bilnycklar och tygpåsar till affären efter jobbet och allt verkade vara med.

Framme vid parkeringen utanför Allsvets AB, hördes ett sms komma. Det var från Ludvig, han skrev att Lisa och Scotten kunde komma på lördagskvällen, för att käka något och snacka.

Tror det fungerar, hör av mig ikväll, svarade Scotten. Lite efter tolv var det dags att åka hem för att rasta Henrik och äta. Halvvägs hem, fick han plötsligt se en yngre kvinna bli påkörd när hon rammades av en lastbil.

-Hur gick det med dig? frågade Scotten samtidigt som han rusade fram. I ögonvrån såg han att lastbilen fortsatte därifrån. En snabb kontroll av henne visade att hon var medvetslös och att andningen avstannat. Blodet rann från tinningen, plus att en arm låg i en onaturlig vinkel. När han inte hittade någon puls, började han direkt reflexmässigt med åtgärder han lärt sig. Otroligt nog stannade ingen för att hjälpa till, så Scotten fick själv larma en ambulans.

-Jag vill att du följer med till sjukhuset, sade en av sköterskorna.

-Jag tar min bil då, för den står mitt ivägen. Det var en smitning, men jag har inte hunnit ringa polisen, förklarade Scotten.

-Det är redan gjort, de möter upp vid akuten. Du har just räddat livet på henne, bra gjort! berättade han innan de körde mot sjukhuset.

Omtumlad följde Scotten efter samtidigt som han funderade på hur länge Henrik skulle kunna hålla sig.

-Jaså, är det du Scotten som gjort en välgärning! Var du först på olycksplatsen? frågade en polis som mötte honom vid ingången.

-Ja, jag har gjort vad jag kan, hoppas hon klarar sig, stammade Scotten fram.

-Jag förstod när de ringde från ambulansen att hon blivit påkörd av en lastbil som avvikit, fick du registreringsnumret på den? undrade han.

-Nej, det hann jag inte se. Det var ett vitt skåp helt utan text på, berättade Scotten.

-Det är ganska troligt att fordonet finns med på en övervakningskamera som sitter i närheten. Vi hör av oss om vi behöver fler uppgifter, förklarade polisen innan hann stoppade ner sitt block i en benficka.

-Okej, då sticker jag hem och äter. Får jag veta sedan hur det gått med henne? undrade Scotten.

-Jag kan höra av mig när vi vet, såvida inte hon eller hennes anhöriga inte nekar till att delge det, men det är ytterst ovanligt, förklarade han.

Biluret visade att det bara var en kvart kvar av lunchen, så äta var det inte tal om. Det enda som gick att lösa, var en snabb promenad med Henrik, konstaterade Scotten när han satt sig i sin bil.

Dessvärre var det mycket trafik ute, med all säkerhet beroende på att det var fredag lunch och alla som kunde, ville handla inför helgen. Hur han än skyndade sig, så skulle han aldrig hinna, det insåg han. Tio minuter försenad parkerade Scotten utanför jobbet igen, med en matlåda som han tänkte kränga vid eftermiddagsrasten.

-Ursäkta att jag är sen, det körde ihop sig lite, sade Scotten när han kom in i byggnaden.

-Jaha, när du inte är i tid finns det nog ett bra skäl till det, svarade bossen.

-Jag kom först fram till en trafikolycka och var tvungen att följa med och snacka med snuten. Jag tänker äta min lunch senare i eftermiddag, för jag hann inte när jag var hemma, förklarade Scotten och höll fram sin matbox.

-Du kan värma på det där nu och börja arbeta när du är klar. Jag vet själv att man presterar betydligt bättre om man är mätt, sade bossen.

-Okej, då gör jag så, jag ska skynda mig, sade Scotten och gick mot lunchrummet.

När Scotten skulle ställa in formen i mikron, märkte han hur händerna skakade. Tydligen kom chocken först nu, efter det han upplevt under lunchrasten. Så här i efterhand begrep han inte att han verkligen lyckats få liv i kvinnan. Visserligen hade de på företaget kontinuerligt HLR-utbildningar, men det var över ett halvår sedan den senaste ägt rum. Känslan av att efter bara några rejäla tryck på hennes bröstkorg få känna pulsen och höra att hon andades, var oförglömlig. I yngre år hade Scotten varit lite känslig för att se blod, men av bara farten hade han lagt ett tryckförband över såret i hennes huvud och även spjälkat upp hennes arm med en gren han hittat på trottoaren intill. För att fixera den kom sårtejpen väl till pass som fortfarande legat kvar i hans jackficka. Hur mycket han än försökte minnas vid vilket tillfälle som han ringt ett ett två, kunde han inte komma ihåg det, i alla fall inte i nuläget.

Inom sig kändes det jäkligt skönt att ha räddat livet på kvinnan och han var tacksam för att han, vad han visste, inte hade begått några större fel. Möjligheten fanns i och för sig att hon ådragit sig inre blödningar vid olyckan som var livshotande. Scotten slöt sina ögon och hoppades innerligt att så inte var fallet, för då hade på något sätt allt varit helt meningslöst.

Först när han tog sista tuggan, upptäckte han att det fanns blod på händerna och han anade att hans privata kläder också var nersåsade, men det var ganska betydelselöst. Det viktigaste var att hon inte fick några bestående men, tänkte Scotten innan han lämnade lunchrummet.

- - - - -

Tredje vägen de åkte in på verkade äntligen vara den rätta. Det som tydde på det var att det fanns riktiga sladdspår och det syntes även tydligt att någon gjort en lång rivstart för att komma därifrån. Visserligen var det möjligt att någon volvoraggare lekt av sig, men vad Jesper kunde bedöma så var det ett större fordon som rivit runt i vägbeläggningen. Ovanför kretsade en helikopter som nyligen anlänt till området och det dröjde inte länge förrän de blev anropade av dess besättning.

-Fortsätter ni några hundra meter på vägen, så ser det ut som om två personer sitter fast runt ett träd. Det är dåligt med landningsmöjligheter för oss i närområdet, så vi håller oss i luften strax ovanför dem tills ni är framme.

Kan ni se oss? ropades det ut i bilen som Leila och Jesper befann sig i.

-Vi ser er emellanåt, men det är ganska mycket skog ivägen. Är de nära den här vägen, så vi kommer upptäcka dem lätt? frågade Jesper medan han körde.

-Det är inte säkert, för de är placerade runt femtio meter ut i terrängen. Ni kan stanna om hundra meter och gå ut till höger upp mot höjden, där finns de. Ambulans är på väg, vi avviker nu för vi behöver tanka, upplyste de om.

-Bra, tack för hjälpen. Skicka över vår position till ambulansmännen, så de hittar oss direkt. Klart slut, sade Jesper.

-Runt ett träd sade de, undrar om de är ihopkopplade med buntband, eller vad tror du? frågade Leila när de parkerat på vägkanten.

-Omöjligt att veta, de kan lika gärna sitta fast med handbojor. Vi tar med den lilla bultsaxen också, sade hennes chef och började rota i bagaget.

-Kanske läge för skottsäkra västar med för vi kan faktiskt inte utesluta att det är ett bakhåll, svarade hon och drog på sig sin.

-Det som talar emot det är väl att det inte finns något fordon kvar här, men jag tänker som dig att det är bättre att vara beredd på det värsta, fortsatte han medan han tog på sig sin väst.

-Gräset ser ut att vara nertrampat här, så det är förmodligen här de har gått, berättade Leila och pekade.

-Det har du nog alldeles rätt i, vi kutar fem meter bredvid då, så kriminaltekniker Lisbeth har något att analysera sedan. Jag ringer hit henne med en gång, för oavsett hur det ser ut här, så är det vårt enda hopp att hitta Linn, förklarade Jesper.

-Jag tycker mig se de två personerna där framme som helikopterpersonalen berättade om. Det verkar som att de är helt livlösa, för deras huvuden hänger åt sidan, sade Leila förskräckt.

-De kan lika gärna vara nerdrogade, vi får hoppas på det. Jag ser dem också nu, det ser ut som om att det är de båda väktarna, sade hennes chef.

-Var tusan är Linn i så fall? Är det så illa att de har tagit henne som gisslan? undrade Leila oroligt.

-Jag kallar hit hundförare Olsson med, för har de satt fast henne i ett träd också så kan vi få leta hur länge som helst annars. Under tiden kollar du status på väktarna, befallde Jesper när de kommit fram.

-De är fastsatta i sina händer med varandra, tydligen med handbojor. Båda har puls, men som du trodde är de inte kontaktbara. Dessutom känns det en skarp lukt av tårgas, det känner väl du också? frågade hon och klippte männen fria med bultsaxen.

-Ja, det sticker i ögonen på mig med. Olsson kommer om en halvtimme fick jag klart på nu, sade Jesper och lade sin mobiltelefon i fickan igen.

- Det är ju ett par korpulenta väktare, dem där orkar vi aldrig få ner till vägen själva, sade Leila.

-Nej, det är uteslutet. Typiskt att inte helikoptern kunde gå ner här, då hade det löst sig smidigt. Gör som så att du sticker ner till vår bil och visar vilken väg ambulansmännen ska gå, för att inte förstöra några spår för Lisbeth. Sedan får vi hjälpas åt att släpa ner dem, fortsatte Jesper.

-Okej, jag sticker med en gång, för nu låter det som om

ambulanserna kommit in på vägen vi parkerat på, sade
Leila och rusade. Inom henne byggdes en fruktansvärd
oro upp och hjärnan jobbade för högtryck. Det här hade
utvecklats till rena mardrömmen. Det var tyvärr mycket
som talade för att det här bara var början på något riktigt
hemskt. Samtidigt som hon kom ner till deras bil, fick
hon ögonkontakt med första ambulansmannen.

- - - - -

Scotten försökte så mycket som möjligt att koncentrera
sig på arbetet, men det gick bara inte. Det han normalt
sett brukade fixa på några minuter med perfekt resultat,
tog betydligt längre tid och blev inte ens halvbra. Det
som störde, var att skallen inte lyckades förtränga det
han varit med om den senaste tiden. Livet hade
verkligen visat sig hänga på en fruktansvärt skör tråd,
det var ingen överdrift. Helt nyligen kunde hans eget liv
ha släckts av en kula och för ett par timmar sedan hade
han räddat livet på en människa. Hade han själv suttit
lite annorlunda på cykeln eller om skytten varit lite
skickligare, så hade han definitivt varit död vid det här
laget. På samma sätt hade kvinnan som rammats av
lastbilen lika gärna kunnat dö om hon hunnit längre ut i
gatan, eller om ingen funnits till hands för att rädda
henne. Så här i efterhand insåg Scotten på allvar att
livet ofta kunde hänga på om man hade tur. Om man var
på fel plats vid fel tillfälle, var det förmodligen kört.
Eventuellt så att man skadades eller också att man strök
med direkt. Att klara sig från en snabb död var inte heller
säkert att det innebar en vinstlott, kanske snarare
tvärtom. Blev man allvarligt skadad var det med stor
sannolikhet förenat med livslångt lidande och invaliditet.

-Vad tror du bossen, kan jag sticka hem lite tidigare? Jag märker själv att mina prestationer här på jobbet bara blir skit i eftermiddag, påstod Scotten vid eftermiddagsfikat.

-Dra iväg du, vad jag vet så har du timmar att plocka av. Det är nog inte helt ovanligt att chocken kommer ett tag efteråt. Dels har du ju blivit beskjuten under veckan och sedan nu då också räddat livet på en person. Ta helg nu och se till att inte råka ut för något elände när du är ledig, sade bossen och klappade till honom på axeln.

-Aj som tusan, det var den axeln jag blev träffad i! utbrast Scotten och grimaserade.

-Det var ju skit! Vilken jäkla otur du hade att jag inte kom ihåg det, svarade bossen och garvade.

- - - - -

Kapitel 7

Jesper passade på att titta närmare på väktarna, dock utan att röra dem och förstöra eventuella DNA-spår från gärningsmännen. Nästan direkt såg han att deras högra jackärmar var uppdragna en bit, troligtvis för att de injicerats med något. Han kunde höra att männens andetag verkad lugna och stabila, precis som om de sov. Därmed borde de väl vakna upp av sig självt snart, resonerade han och gick en bit längre in i skogen. Hans förhoppning var att träffa på Linn, men efter vad han kunde se, fanns hon inte där. Om inte Olsson med hjälp av spårhunden hittade henne, tydde det på att Linn tagits som gisslan. Inom kort kunde man därmed förvänta sig att kidnapparna hörde av sig och ville ha något i utbyte. Om det rörde sig om pengar eller fri lejd ut ur landet, återstod att se. En tanke som slog Jesper, var att det kanske var Albert Jacobsson som varit deras mål att tillfångata. Orsaken till det, kunde vara att de tyckte att Sveriges kriminalvård var det samma som att bo på lyxhotell och att han istället förtjänade något helt annat. Visserligen hade nog Albert en del vänner, men vissa personer tvekade säkert inte en sekund för att ge honom en lång och plågsam död. Var det som han nu senast tänkt, var det osäkert om de någonsin skulle finna Albert. Även Linn kunde vara delaktig i detta, men det kändes aningen långsökt. Det skulle bli högintressant att höra vad väktarna hade att berätta när de vaknade upp. Risken för att de blev avskedade var stor, för antagligen var det en rad säkerhetsrutiner de gett tusan i att följa, annars borde händelsen aldrig inträffat. Även om de blivit stoppade av beväpnade personer, hade det varit hur lätt som helst för dem att trycka på larmknappen och då hade det inte utvecklats på det här sättet.

Vid ett brott skapade alltid Jesper en rad olika scenario som verkade trovärdiga. Efter att ha vägt dessa mot varandra, beslutade han sig för att följa ett spår för att se om det ledde till något. Om inte, tog han det som var nummer två och så vidare. Slutsatsen av den genomgången i hjärnan, sade honom att det enda kloka var att egentligen vänta lite med sin rangordning tills han hade mer att gå på. Först måste han få besked från kriminaltekniker Lisbeth vad hon fick fram, samt vad sökningen av Chapman ledde fram till. Även väktarnas utsago var av stor betydelse, kanske den viktigaste till och med.

-Det var ett par stadiga bitar, vi får hjälpas åt och ta ner en väktare i taget, utbrast en av ambulansmännen när de kom fram.

-Ja, de blåser inte bort någon av dem. Jag antar att de bara är nersövda, men jag är ingen specialist, svarade Jesper.

-Pulsen verkar okej och likaså andningen, så det är nog en riktig slutsats. Vi lyfter på tre då, fick Jesper till svar och den jobbiga vandringen kunde börja.

En halvtimme senare drog ambulanserna iväg, samtidigt som Olsson och Lisbeth anslöt.

-Jädrar vad jobbigt det var att få ner väktarna, jag är alldeles slut i musklerna. Dessutom är jag hungrig, förklarade Leila.

-Jo, de var fruktansvärt tunga, så det gick nog åt en riktig hästdos för att söva dem. Tur att det ändå är i princip barmark, för hade det varit en halvmeter snö så vet jag inte hur det hade gått, svarade hennes chef.

-Ja, det är ju bra att det för det mesta går att hitta något positivt. Har du dragit några slutsatser om vad som kan ha hänt? frågade hon.

-Visst har jag spånat en del, men jag kan inte påstå att jag kommit fram till något rejält huvudspår. Vi måste helt enkelt avvakta tills vi hört vad Lisbeth och Olsson kommer fram till. Jag passade förresten på att efterlysa kriminalvårdens fordon medan du mötte upp ambulanserna, fortsatte Jesper.

-Jag kan inte hjälpa att jag är jäkligt oroad för hur det gått med Linn. Hon var ju i ett så bräckligt tillstånd redan innan det här inträffade, förklarade Leila.

-Just precis, vi får hoppas att allt slutar lyckligt. Det som jag förfäras av, är att vi inte har en aning om var Jacobsson befinner sig nu. Vi vet mycket väl att han kan ställa till med hur mycket skada som helst när han går fri. På köpet lär vi få duktigt med skit för att han lyckats försvinna, särskilt nu när en av oss poliser var med vid transporten.

-Det har du säkert rätt i. Ska vi vänta här en stund och se om vi får några ledtrådar av våra kollegor? frågade Leila.

-Ja, det är nog bäst. Med lite tur får Chapman upp vittringen snart, så vi kan få en ledtråd av vad som hänt, svarade hennes chef.

-En aning typiskt att ni parkerade precis här, för kriminalvårdens fordon stod på exakt samma ställe, anmärkte Lisbeth.

-Jaha, men det går det inte att göra någonting åt nu. Leila och jag har i vart fall sett till att inte förstöra några av deras fotspår upp i skogen, för vi har gått fem meter ifrån stigen. Du kan väl se om du får fram något av fotspåren, de börjar synas redan efter några meter, så hänger Leila och jag med Olsson, föreslog Jesper.

-Ja, gör gärna det. Jag vill att ni flyttar undan er bil en bit först bara, så kan jag kolla där sedan, svarade Lisbeth.

-Chapman har redan fått upp vittring på något, så det är bäst vi håller oss lite ifrån där de gått. Han känner ändå att han är på rätt spår, sade hundföraren optimistiskt.

-Perfekt, får hoppas att han hittar något mer än bara upp till platsen där väktarna satt fast. Om inte, har de väl tagit med sig Linn i fordonet när de åkte härifrån, spekulerade Leila.

-Var det vid den här tallen? frågade Olsson.

-Ja, det stämmer. Varför vill Chapman gå tillbaka mot bilen? undrade Jesper.

-Det är säkert av den enkla anledningen att de bara varit här uppe och vänt innan de drog iväg. Tyvärr ser det inte ut som att Linn är i närheten, för då hade Chapman dragit vidare ut i skogen, förklarade hundföraren.

-Då är det väl inget annat att göra än att höra efter om Lisbeth fått fram något, sade Leila och suckade.

-Ja, antingen det, eller att efterlysningen av bilen ger något resultat. Vi kan räkna med att helikopterbesättningen hjälper till i sökandet så fort de varit nere och tankat, sade Jesper.

-Visserligen är det så, grejen är väl bara den att de kan ha hunnit rätt så långt vid det här laget. Vi vet ju inte om

65

de varit så förberedda och tejpat över texten och stripesen. Har de utöver det även satt på falska registreringsskyltar, är det tämligen kört för oss, fortsatte hon.

-Jag tänkte först säga emot dig, men inser att det är fullt möjligt. För några som är ordentligt förberedda att utföra en sådan här fritagning, är det inte så omständligt, svarade hennes chef.

-Kan det här vara Linns örhänge? ropade Lisbeth och höll upp en ring i silver.

-Jag kommer och kikar, är det de vanliga hon brukar ha så känner jag säkert igen dem, svarade Leila och gick mot kriminalteknikern.

- - - - -

När Scotten kom ut till sin bil, tittade han på inköpslistan som Lisa skickat. Det var inget avancerat, det enda var att det förmodligen var fler som skulle besöka affärerna så här dags. Händerna skakade lite än, men inte alls så mycket som för en stund sedan, vilket lugnade Scotten något. Satte han bara allt fokus på vad han skulle göra, visste han att det gick att fixa det här med. Det gällde bara att tänka positivt och skjuta bort alla oroligheter. Så fort tankarna gled iväg till skjutningen eller den skadade kvinnan, tvingade han sig själv att tänka på hur skönt det skulle bli att äntligen komma hem. Idag skulle det ju dessutom bli nästan en timma tidigare än normalt. Då när allt var inhandlat och uppackat, kunde det bli en längre promenad med Henrik, till och med att det borde gå att passa in så att de gick förbi Lisas jobb på hemvägen. På inköpslistan lade han till en blomsterbukett samtidigt som han strök vin. I och med att Lisa inte fick dricka alkohol nu, dög det lika bra med cider från mataffären. Skulle han själv bli tvungen att snabbt köra till förlossningen, ville han absolut inte att det skulle krångla till sig bara för att han var onykter, så Scotten fick klara sig utan sprit ända tills de fått barn. Egentligen vore det väl säkrast att inte hinka i sig för mycket sedan heller, ifall det blev någon akut tripp med Lars till sjukhuset, tänkte Scotten och log. Under tiden han körde mot centrum, hörde han att det kom ett textmeddelande. När han parkerat, såg han att det var Ludvig som undrade vad det fanns för planer inför helgen. Istället för att svara med ett sms, provade han att ringa.

-Tjena, har ni inget inbokat kan ni väl komma över ikväll och käka något gott. Lisa skulle ta med sig några bra filmer från en jobbarkompis, sade Scotten när han fick svar.

-Jag kan kolla med Ebba, men det tror jag passar fint. Får vi en stund för oss själva kan vi ju alltid finslipa på vårt kommande projekt, svarade Ludvig.

-Kom runt sju så blir det nog lagom. Jag tar nog ett tag utan sprit framöver, ifall jag behöver åka in med Lisa, berättade Scotten.

-Det kan jag förstå. Vill du annars festa loss rejält, så kan alltid Ebba köra, fortsatte Ludvig.

-Tack för omtanken, men det kan bli aningen jobbigt att förklara varför jag behöver ha en rollator att hålla i när vi åker in, om jag brukar klara mig utan annars, svarade Scotten och skrattade.

-De är nog vana vid det mesta, så jag tror inte de blir chockade av det. Hör du inget så kommer vi runt halvsju, sade Ludvig.

-Klockan sju sade jag ju, så vi hinner duka fram, svarade Scotten.

-Kommer vi lite tidigare så missar vi inget. Jag anar att ni gärna tänker ta någon god macka innan käket. Jag hinner bli vrålhungrig, för jag har bara ätit ett par piroger till lunch, sade Ludvig innan han tryckte bort samtalet.

- - - - -

-Jag kan faktiskt inte säga om det där är Linns örhänge. Vad jag vill minnas så är hennes inte helt släta, men ju mer jag tittar på dem desto osäkrare blir jag, sade Leila.

-Okej, det kanske ändå inte spelar så stor roll, det är ju verkligen tydliga skoavtryck här, det är väl av större betydelse. Vi vet väl redan att Linn var med vid transporten, eller har jag fel? frågade kriminaltekniker Lisbeth.

-Jo, visst var hon med, åtminstone när fordonet lämnade polisstationen. Det som kunde göra det intressant att veta om örhänget var Linns, är att det i så fall tyder på att det varit handgemäng här och att hon tappat det då, förklarade Jesper.

-Den här modellen har inga ploppar, så det behövs inte mycket för att de ska ramla av. Hur som helst, tillbaka till skoavtrycken, så kan jag säga att det är två par med storlek fyrtioåtta och någon som trampat runt i strumplästen. Väktarna var tydligen inga pygmeèr, stämmer det? undrade Lisbeth.

-Ja, det var fullvuxna gossar, båda två. Hur tusan kan du se att det är den storleken och dessutom tala om att det är två personer som vandrat fram här? frågade Leila förbryllat.

-Det behövs ingen större kunskap för det, för tittar du noga så står storleken i spåren. Bland annat har kriminalvårdens tjänsteskor det instansat i sulan. Att det var två snubbar är också solklart. Ett par verkar nästan nya, medan den andres är slitna. Vill ni veta en detalj, så kan jag tillägga att den senare förmodligen är jäkligt hjulbent, svarade kriminalteknikern och log.

-Hur mycket jag än glor på avtrycken, kan jag inte se varför den ene skulle vara hjulbent och inte kunna mota några grisar, för att de skulle hoppa mellan knäna på honom. Vad är knepet? undrade Jesper.

-Tittar du noggrant, ser du nog att mönstret är i det närmaste utslitet på utsidorna, upplyste Lisbeth och började skratta.

-Den som gått runt här i strumplästen är då förmodligen Albert Jacobsson, för vid transporter får fångarna inte ha några skor på sig, det är väl en riktig slutsats? fortsatte Leila.

-Det är rimligt att anta. Jag kan också upplysa om att personen utan skor har gått sist när de vandrat mot kullen. Tillbaka är det bara avtryck från den personen, vad jag kunnat se hittills, precis som det bör vara eftersom ni hittade väktarna däruppe, tillade Lisbeth.

-Känns som att det är av största vikt att vi kan höra väktarna snarast. De måste tala om alla detaljer för oss, för normalt sett ska inte något sådant här kunna ske. I sällsynta fall har det hänt att en väktare hjälpt till att släppa en fånge fri, men då skulle han ju knappast låta sig placeras runt ett träd tillsammans med sin kollega, sade Leila analyserande.

-Nej, det känns som om det varit minst ett par personer

till med och utfört fritagningen. Jag antar att du Lisbeth och även Olsson vill vara kvar här ett tag till. Leila och jag åker in till sjukhuset och ser om väktarna kommit till sans, sade Jesper.

-Ja, jag behöver vara här ett par timmar till, för det tar lite tid att fixa avtrycken. Sedan vill jag finkamma området rejält, så jag har tillkallat fler specialister på det, förklarade kriminalteknikern.

-Jag vill även söka av andra sidan av vägen med Chapman, det är ju inte uteslutet att Linn finns där, berättade Olsson innan Jesper och Leila gick mot sin bil.

-Varför har inga patruller hittat flyktbilen än? Den kan ju inte vara så jäkla svår att finna! utbrast Leila otåligt när de börjat åka.

-Det finns många frågor vi vill ha svar på omgående, jag håller med om att det är lite märkligt. I och för sig kan det vara som vi var oroliga för. Nummerplåten kan vara utbytt och alla igenkänningstecken borta. Var det riktigt välplanerat kan faktiskt fordonet gömts en bit härifrån och istället har de haft en annan bil som väntat på dem, spekulerade hennes chef.

Som sagt, den där Albert har gjort oss till åtlöje förr. Man trodde väl att allt var lugnt när vi grep honom och domen fallit. En ynka transport tillsammans med väktare som sysslat med sådana här resor tusentals gånger, borde ju inte kunna gå fel, fortsatte hon.

-Visst är det så som du säger. För varje minut som går hinner Albert sopa igen sina spår ännu mer och chansen för oss att hitta honom minskar. En sak jag inte heller kan släppa helt, är örhänget. Jag är väl inte världsbäst på att se vad kvinnor hänger i sina öron, men jag säger som du, att det där var knappast ett hon brukar använda. Om vi utgår från att det tillhör någon annan, vems är det då? undrade Jesper.

-Inte en aning vems det kan vara. Möjligtvis kan det i och för sig hamnat där tidigare. Visserligen är vi i mitten på januari, så varken svamp eller bärplockning kan vara aktuellt. Kanske är det någon som uträttat sina behov längs den stigen och tappat örhänget, sade hon.

-Helt klart en tänkbar hypotes. Om det är som du säger, lär Lisbeth upplysa oss om det snart, svarade hennes chef medan de lämnade grusvägen.

-Undrar vad fasen Jacobsson har för planer. Vi vet ju inte ens var han gjort av Linn! Som det verkar lär han väl gärna vilja oskadliggöra henne en gång för alla. Med tanke på att det inte är länge sedan hennes lägenhet utsattes för en sprängning som han förmodligen låg bakom, sade Leila oroligt.

-Tja, den där Albert tänker inte som andra förbrytare precis. Jag får inte ihop varför han är så obekväm med att sitta inne drygt fyra år och sedan gå fri om han sköter sig. Som det är nu kommer han ju vara jagad resten av sitt liv och kommer aldrig kunna koppla av, svarade Jesper.

-Såvida han inte själv blivit kidnappad av några som vill göra honom riktigt illa, sade Leila.

- - - - -

Kapitel 8

-Nej, men hej! Har du inte sluta jobba förrän nu? Ludvig sade att vi kunde nog dyka in hos er efter arton, men nu ser jag ju att ni nyss är hemkomna, sade Ebba undrande.

-Det gör inget, det måste väl ha blivit någon missuppfattning, svarade Lisa och hängde av sig sina ytterkläder.

-Jag har bestämt för mig att Scotten nämnde att vi kunde få något att bita i under tiden maten blev färdig, sade Ludvig hoppfullt.

-Här är en banan, den kan du bita i så länge. Det var förresten bra att ni kom redan, för då kan jag få hjälp med att skala potatis till gratängen. Lisa åtog sig nämligen att duka, så då hamnar vi i köket, förklarade Scotten och garvade.

-Men vi kan gå en sväng så ni hinner komma i ordning, sade Ebba.

-Aldrig att ni går ut igen! Köket är inte så stort, så det räcker om gubbarna är där. När vi pratade om vad vi skulle bjuda på, så föreslog jag en sallad, men Scotten vill ha marinerad fläskytterfilè och ingen kaninmat. Därmed får vi tjejer softa i soffan med cider tills maten är klar, svarade Lisa.

-Härligt, jag måste få veta hur du känner dig och vad de sade på profylaxen häromdagen, berättade Ebba.

-Ja, och jag vill veta hur ni tänker möblera huset ni köpt i Oxelösund. Jag kan ta med bestick så fixar du tallrikar och glas till matbordet, så har vi gjort vårt för ikväll, sade

Lisa.

-Konstigt, någonstans inom mig kände jag på mig att jag inte bara skulle åka in till hamburgerrestaurangen när vi körde hit, muttrade Ludvig och tog motvilligt fram potatisskalaren ur diskstället.

-Du får gärna skära potatisen i tunna skivor också, plus riva löken med, så lägger jag upp köttet i en form under tiden, sade Scotten.

-Det här tar väl en halvtimme innan det blir färdigt, på den tiden är risken stor att jag nästan svälter ihjäl, beklagade sig Ludvig.

-Jag tippar att det tar runt en timme och en kvart tills det är klart. Ta gärna en banan till, sade Scotten.

- - - - -

-Tror du vi ska ta med ett par blombuketter till väktarna? Man kan ju sätta sig in i själv vilken fruktansvärd upplevelse de varit med om, sade Leila undrande.

-Ja, när du säger så, är det självklart att vi bör ordna med det. Man vet ju själv som sagt att det säkert skulle uppskattas. Jag stannar till utanför en blomsteraffär, så kan du väl köpa dem varsin. Kom ihåg att ta kvitto bara, svarade hennes chef.

-Vilken tur, det blev en ruta ledig där precis! utbrast hon när de nästan var framme.

-Det handlar mer om att ha rätt tajming, svarade Jesper och skrattade.

-Vad får det kosta tror du? jag menar så att inte ekonomiavdelningen får spelet, undrade Leila.

-Tja, håll dig åtminstone inom två hundra kronor per huvud, så är det nog lugnt. Jag vet att man knappast får något vettigt under det. Helst ska de väl inte lukta för starkt heller, men det borde de väl veta därinne, förklarade han.

-Jag löser det, efter vad jag kan se är det knappast någon i affären, så det går nog snabbt, svarade Leila och klev ur bilen.

Fem minuter senare var hon ute igen, med två rejäla buketter.

-Nu får vi bara hoppas att de får ha blommor på avdelningen de ligger på, spekulerade hennes chef.

-Dels det, men ännu mer att de har kvicknat till och går att fråga ut, sade hon.

-Visst, men finns blommorna på plats när de vaknar, är det väl alltid trevligt för dem. Det är ju för tusan inte klokt att det ska kosta pengar att parkera utanför ett sjukhus! Folk åker väl normalt sett inte hit för att de tycker att det är trevligt, muttrade Jesper när de kom fram.

-Ännu värre är att det inte finns någon ledig ruta inom trehundra meter från ingången, tillade Leila.

-Vi är ju här i tjänsteutövning, så jag ställer bilen tio meter utanför dörren, men tänk på de som inte har den möjligheten, sade Jesper.

-Nej, det verkar inte speciellt genomtänkt. När vi besökt dem är det hög tid för fika, sade Leila.

-Ja, jag ser att klockan rusat, men det är viktigt att vi undersöker om vi kan få något ur väktarna innan spåret efter Albert svalnar, sade Jesper.

-Jag förstår det, finns ingen tvekan om att det är på det viset. Märkligt att vi hittills inte hört något från helikoptern, de borde ju hunnit kolla av det mesta vid det här laget, sade hon.

-Ja, det kan man tycka. Inga rapporter från någon patrull

på marken heller, vilket tyder på att förövarna antingen bytt fordon eller gjort om det med andra skyltar och så vidare. Titta, där sitter en av väktarna uppe i sin säng! utbrast Jesper när de kom in i salen.

-Vilka fina blommor ni har med er, det var schysst! Min kollega är visst i nästa rum, men han har inte vaknat ännu, förklarade Jeppson, som han hette.

-Det kan alltid pigga upp med en bukett. Vi har en del funderingar som du säkert förstår, orkar du svara på frågorna vi har? undrade Leila.

-Ja, kör på bara. Det jag varit med om minns jag bra, sade Jeppson.

-Du kan berätta vad som hände under transporten, så kommer vi med frågor vartefter, föreslog hon.

-Visst, det ska väl gå för sig. Det började redan när vi kom ut på motorvägen, då både jag och min kollega kände att det började sticka i ögonen, förmodligen av tårgas. Eftersom det inte går att se igenom VW:n från framsätet till fången och vår medhjälpare där bak, försökte vi nå Linn dels på telefon, men även via bilens kommunikationsradio. Vi fick inget svar, så då beslöt vi oss för att stanna och min kompis gick till sidodörren för att se vad som skett. Vid det här laget var det rejält mycket tårgas i bilen, så vi kunde knappt se något. På något sätt måste min kollega övermannats och tvingats gå fram till mig, för efter någon minut kom en person iförd skyddsmask och riktade en pistol mot Grangrens huvud. Under vapenhot tvingades jag köra ut på vägen där ni så småningom hittade oss, förklarade väktaren.

-Har du någon idè hur Albert kommit över tårgas, en skyddsmask och skjutvapen? frågade Jesper.

-Nej, det förbryllar mig också. Om Linn av någon anledning tvingats lämna ifrån sig prylarna, så finns väl lösningen där. Var hon befann sig när min kollega övermannades, har jag inte en aning om. Ni måste fråga honom om det, för han är den enda av oss som tittat in bak i VW-bussen, berättade Jeppson.

-Ni blev inte utsatta för något våld direkt, eller? frågade Leila.

-Nej, det kan jag inte påstå. Man är rätt så foglig och gör som man blir tillsagd om man har ett vapen riktat mot sig. På köpet var det som ni förstår omöjligt att se, för ögonen rann konstant plus att det var svårt att andas, fortsatte väktaren.

-Ja, jag kan tänka mig det. Hörde du Linns röst någon gång när ni förflyttades från bilen till trädet i skogen? undrade Jesper.

-Nej, inte ett ljud så jag har inte en aning om var hon är någonstans. Har ni inga spår efter fordonet eller Albert? undrade väktaren.

-Nej, det kan vi knappast påstå. Lite fotavtryck från en person som gått i strumplästen samt ett örhänge är det enda vi har. Visst är det fullt sökpådrag, men allt eftersom tiden går, minskar chansen att vi hittar honom. Vi ska gå in till din kompis nu och se om han kan upplysa oss om något mer, sade Jesper och suckade.

-Ni får hälsa in till honom och återkom om det är något mer ni behöver veta, sade Jeppson.

-Det ska vi göra, krya på dig, svarade Leila när hon och Jesper lämnade salen.

-Tja, innan vi går in till nästa, vill jag att vi sammanfattar vad det här gav. Vilken åsikt har du om väktarnas roll i rymningen? undrade Jesper när de kommit ut till korridoren.

-Det verkar inte som om vi direkt kan lasta Jeppson för det här, han har nog gjort vad han kunnat. Möjligtvis är det väl så att de kanske vid något tillfälle borde ha kunnat övermanna Jacobsson, för de var ju ändå två rejäla karlar, sade Leila.

-Jag funderade också i de banorna först, men vi får inte förglömma att de var halvt utslagna av tårgasen. Vet du om Linn hade med sig det också, eller var har den kommit ifrån? frågade hennes chef.

-Det enda hon upplyste mig om innan de åkte, var att hon hade med sig extra ammunition. Har Albert kontakter med de som städar fordonen, kan det förstås funnits en chans att de gömt gasen någonstans i utrymmet där fången befann sig. Samma sak gäller så klart skyddsmask, samt inte minst nyckel till handbojorna, spekulerade hon.

-Ja, där är helt klart också en svag länk, om det inte är väktaren vi ska förhöra nu som har hjälpt honom, svarade Jesper.

-Det kanske vi förhoppningsvis kan få fram. Tyvärr verkar spaningarna efter Albert och fordonet vara resultatlösa, för än så länge har vi inte fått några rapporter om något annat, svarade Leila och började gå vidare till nästa sal.

-Nej, det borde vi fått vid det här laget. Nu har det gått så lång tid, så ärligt talat undrar jag om vi någonsin ser Jacobsson mer, sade hennes chef.

-Hoppet är väl det sista vi får ge upp. Som du sade förut så är han efterlyst för all framtid, så förr eller senare får vi nog tag i honom. Nu kör vi nästa, talade hon om och gick in i salen bredvid.

-Är du precis nyvaken? Vi kommer från polisen med blommor till dig, sade Jesper när han kom in.

-Ja, fasen vad jag är utslagen. Hur mycket jag än anstränger mig, vill kroppen bara sova vidare, upplyste väktaren om.

-Jag går och kollar med en sköterska om du får dricka kaffe. Är det okej så tar jag med en mugg till dig, föreslog Leila och gick iväg.

-Ta gärna lite grädde och några sockerbitar till, ropade väktaren, utan att Leila uppfattade det.

-Du blir nog pigg utan en massa kaloritillsatser. Jag heter förresten Jesper och min kollega Leila. Vi kommer precis från din vän i rummet bredvid och han hälsade till dig. Kan du redogöra för hur transporten avlöpte, för det är av yttersta vikt att vi får veta det. Fången är nämligen fortfarande på fri fot, berättade han och satte sig.

-Grangren här, sade han och nickade.

Transporten ja, allt förlöpte normalt tills vi kände en stickande lukt i bilen, det kan ha varit tårgas. När Jeppson stannade på en rastplats gick jag och öppnade skjutdörren på högra sidan och möttes då av en spark mitt i nyllet. Jag var totalt oförberedd, han hade ju handfängsel på sig när vi lämnade anstalten, förklarade han.

-Hur kunde Albert klara av gasen, hade han skyddsmask på sig? frågade kriminalkommissarien.

-Ja, visst hade han det. Var han fått tag på den har jag inte en aning om. Om han lyckats få med sig det från Arnö anstalten eller hur det gått till, det vet jag inte.

Hade jag misstänkt att han var lös och därmed öppnat dörren försiktigare, så kunde jag säkert lyckats övermanna Albert. Grejen att han var fri och inte utslagen av gasen, överrumplade mig tyvärr totalt. Sedan tvingade han mig under pistolhot fram till Jeppson. Vidare kan ni säkert själva räkna ut hur allt utvecklade sig, sade Grangren och gäspade.

-Linn satt väl i ett separat utrymme bakom Jacobsson, såg du inte henne? undrade Jesper.

-Jag fick möjlighet att kika in snabbt precis innan Albert lämnade sin plats. Då låg hon på golvet med sitt ansikte bortvänt. Om hon var skadad eller andades, hann jag inte se, fortsatte väktaren.

-Du får dricka kaffe, det var inga problem alls, sade Leila när hon anslöt till salen.

-Tusan, har du med en hel bricka med varsin mugg och ett bullfat med, det var inte dåligt, utbrast Jesper!

-Jag förklarade att det var ett nödläge, så vi behövde rejält med fika nu, för det krävdes av utredningstekniska skäl, sade Leila och drog fram en stol till sig.

-Vad gott det ska bli med bullar, de där ser riktigt smaskiga ut, sade Grangren.

-Läkaren sade bestämt att du inte skulle inta något annat än kaffe, för då var risken att du fick upp det igen. Bullarna är till oss, sade Leila och nickade mot Jesper.

-Härligt med fika nu, det ska smaka! Jo Grangren, hörde du inga livstecken från passagerarutrymmet, ens när han tvingade er lämna bilen och gå upp mot kullen i skogen? undrade Jesper.

-Jo, när vi parkerat på grusvägen och klivit ur, öppnade Albert sidodörren och tog med handfängslen. Då hörde jag långa djupa andetag från Linn, ungefär som om hon sov tungt, fortsatte han medan kaffet avsmakades.

-Du sade att Albert tog med handbojor som använts på honom själv, men hade inte både Jeppson och du en uppsättning på er? frågade Jesper.

-Jag lämnade mina på Arnö, för de skickade ju med ett par av sina, det är brukligt att vi gör så. Jacobsson hade ju kommit på den briljanta idèn, att han kunde sätta ihop mina och Jeppsons händer runt ett stort träd, så han visste var han hade oss, berättade Grangren.

-Tja, ni kan tacka helikopterbesättningen för att vi hittade er, annars kunde det dröjt hur länge som helst. På något sätt har fordonets GPS-sändare slagits ut redan när ni stannade på rastplatsen, vet du hur det har gått till? frågade Jesper.

-Jaha, var det därför Albert öppnade säkringsluckan! Nu när du säger det, var det säkert det ljudet jag hörde, det förstår jag nu. I huvudet vet jag inte vilken säkring som går till sändaren, men det visste tydligen Albert, spekulerade Grangren.

-De här bullarna var faktiskt inte så goda som de såg ut, de är dessutom för torra. Jag hämtar en termoskanna kaffe så vi kan skölja ner dem, sade Leila och reste sig.

-Kan jag också få mer kaffe? frågade Grangren.

-Ser jag någon läkare där ute så ska jag fråga. Hittar jag ingen, är det nog bäst du avstår från det, så att inget blir tokigt, sade Leila och lämnade salen.

-Fick du någon upplysning om vart han skulle åka sedan? Jag menar, hörde du om VW-transportern vände eller fortsatte vidare in på grusvägen? frågade Jesper.

-Det är möjligt att han vände en bit bort, för några

minuter senare hörde jag en bil åka förbi. Jag är inte säker på att det var vårt fordon, men det ligger väl nära till hands att tro det, berättade Grangren.

-Jag förstod att ni måste lidit ofantligt av tårgasen, både i ögonen och andningsvägarna. Uppfattade du någon gång att det var fler på plats som hjälpte Albert? frågade Jesper.

-Nej, jag vill ha det till att han var ensam. Jag är tämligen säker på att det inte var någon mer bil som följde efter oss. Hade det varit någon mer än Linn där bak, tror jag vi skulle märkt det, förklarade väktaren medan han tömde sin mugg.

-Då tackar vi för upplysningarna. Förhoppningsvis repar du dig snabbt, även från sparken du fick i ansiktet, sade Leila.

-Ja, den kunde tagit värre. Som väl var stod jag rätt så långt ifrån honom, så det var ingen större kraft han träffade mig med. Dessutom hade han ju inga skor på sig. Får jag någon gång tillfälle att ge igen, ska jag göra det ordentligt, svarade Grangren och pekade på sina fyrtioåttor samtidigt som han log.

- - - - -

Kapitel 9

-Banan är egentligen ganska underskattat, lägger man ett par i ugnen en stund och sedan tar vaniljglass och chokladsås till, fungerar det fint, sade Ludvig.

-Ja, det ser onekligen gott ut. Om jag inte minns fel så finns det en festis i kylen, ta den till om du är törstig, sade Scotten.

-Ha! Jag ser en starköl längst in som säkert känner sig ensam. Den tycker jag synd om, så den ska få göra mig sällskap, berättade Ludvig och tog fram den.

-Jaså, den hittade du. Hur som helst, har du några planer färdiga så vi kan utplåna våra ovänner snart? undrade Scotten.

-Ja, ingredienserna har jag införskaffat, däremot tid och plats är obestämt. Sedan har vi ju det här dilemmat att du när som helst kan bli tvungen att åka till förlossningen med Lisa. Så mycket är helt klart, att själv vill jag inte genomföra attentatet, förklarade Ludvig medan han tog sista skeden av sin förrätt.

-Nej, det kan jag förstå. Grejen är att det kan bli när som helst, kanske inatt eller om ett par veckor. Ibland går det visst väldigt fort på slutet, sade Scotten och satte in köttet i ugnen.

-Vi tar gärna varsin alkoholfri öl hit in! ropade Lisa från TV-rummet.

-Det går väl att ordna. Ni kanske kan kolla till maten om en stund, medan Ludvig och jag tar en sväng med Henrik, sade Scotten.

-Sätt gärna äggklockan på ringning, annars är det risk vi

glömmer bort det. Tack för ölen, svarade Lisa när han kom med dem.

-Perfekt idé att vi kunde gå ut ett slag, för då riskerar vi inte att tjejerna hör något om den kommande likvideringen, viskade Ludvig medan de tog på sig skorna.

-Precis min tanke, dumt att riskera det. Egentligen hade nog blodhunden klarat sig till sent ikväll, men han brukar sällan tacka nej till en promenad, svarade Scotten.

-Jag tänkte att vi får väl helt enkelt bestämma ett datum då vi slår till och sedan vara beredda att skjuta upp det om ni måste åka till förlossningen. Igår fick de nämligen hem varorna till Granngården som varit restnoterade, så nu är allt inhandlat som vi behöver, fortsatte Ludvig när de kom ut.

-Härligt, jag hoppas inte du betalade med kort bara, för sådant där kan väl nystas upp av polisen senare? sade Scotten undrande.

-Nej för tusan, det där köpte jag kontant. Visst glodde butikssäljaren en del när jag handlade en massa gödsel, men han sade inget i alla fall, förklarade Ludvig.

-Nej, du ser ju lite bonnig ut, så det är nog inget han lägger på minnet, berättade Scotten samtidigt som han släppte iväg Henrik så långt kopplet medgav.

-Jag tror vi gör så här, att vi sänder ett paket med taxibud till dem. En av oss får ha uppsikt över deras lägenhet och meddela till den andre när alla är på plats där. Då skickar vi en kartong med sprängladdningen i som detonerar när den öppnas, sade Ludvig.

-Men vad ska det stå på paketet? Det måste ju vara något så att de inte blir misstänksamma, frågade

Scotten.

-Det kan väl stå att det är en vinst av något slag, kanske typ från bingolotteriet. Även om de inte är med där, är de förmodligen inte sena att ta emot det och öppna, förklarade Ludvig.

-Jo, det är klart, det är ju så man själv skulle gjort även om det med all säkerhet var avsett för någon annan. Hur säkert är det att det exploderar som du tänkt dig? undrade Scotten.

-Inga tveksamheter om att det blir en jädra smäll. Receptet har jag använt tidigare mot ett kassaskåp, men nu blir den tio gånger kraftigare, sade Ludvig.

-Jaha, vi får väl hoppas bara att ingen annan kommer till skada. Vet du om den mängden är lagom för att blåsa ut en lägenhet? jag menar, så inte hela huset rasar, sade Scotten oroligt.

-På internet har jag sett när de använt den här mängden och den är rätt lagom. Visst blir det sprickor i hela kåken, men det kan det ju bli ändå ibland. Som alternativ till att den detonerar vid öppnandet, kan vi ha en fjärrutlösare. Då kan den som har uppsikt över dem trycka av när det är dags, sade Ludvig.

-Går det inte att ha både och som säkerhet? frågade Scotten.

-Det har jag faktiskt inte tänkt på, men visst fungerar det! Det är inte mycket mer jobb, så det löser jag. Ska vi satsa på att gå till verket på söndagkväll? undrade Ludvig.

-Tja, ju tidigare, desto bättre. Som vanligt behöver vi ett hållbart alibi då, vad ska vi hitta på tycker du? frågade Scotten.

-Ebba sticker till Norrköping under eftermiddagen, så en tanke är att vi kan sitta och köra TV-spel hemma hos mig. En av oss får väl spela för oss båda, med ett litet uppehåll för att sticka ner till taxistationen och lämna paketet, föreslog Ludvig.

-Ja, det borde vara vattentätt. Om jag inte minns fel, står väl datum och tid när man spelat, så vi kan styrka det vid behov. I värsta fall går det ju också blåsa av med kort varsel om det behövs. Är väl bäst då om jag befinner mig i din lägenhet och sköter TV-spelandet, så får du ligga på pass vid deras bostad, sade Scotten.

-Ja, så kan vi göra. Är väl lugnast för Lisa om hon vet exakt var du befinner dig. Visserligen behöver du sticka ner med paketet, men det är bara knappt hundra meter hemifrån mig, sade Ludvig.

-Kanske ska låta skäggstubben växa ut några dagar till då innan jag rakar mig, så ingen känner igen mig, spekulerade Scotten.

-Ha! Annars får du väl ta på dig din cykelhjälm, för har du den på dig, lär ingen titta på något annat än just den! Nu tycker jag att vi går tillbaka, för nu är jag verkligen hungrig, sade Ludvig.

-Ja, det gör vi. Nu dröjer det bara en kvart tills maten är klar, svarade Scotten.

-Vi lade in några snittar i ugnen nyss, tänkte det kunde vara gott till, berättade Ebba när de kom in.

-Lysande, det var länge sedan jag åt sådana. Det luktar smaskigt ända ner till portdörren, upplyste Scotten om.

-Det känns nog mer när man kommer utifrån, för jag har inte tänkt på det. Ebba har förresten gjort mig grymt sugen på att köpa hus, sade Lisa.

-Jaha, det kan jag tro. Som du vet är det knappast riktigt läge nu när vi snart ska bli föräldrar, sade Scotten.

-Vi kan åtminstone åka på lite husvisningar, det är två imorgon som jag vill se, sade Lisa.

-Tja, känner jag dig rätt så kan det bli fasen så dyrt att åka och titta, för hittar du något du vill ha så är det kört sedan, svarade Scotten bekymrat.

-Jag har hört att man bara ångrar sådant man inte gjort och aldrig tvärtom, sade Lisa.

-I de flesta fall är det nog så, men inte alltid. Fast det vet man ju först efteråt, så jag går på Lisas linje, inflikade Ludvig.

-Tack för ditt stöd att bromsa Lisas husköpstankar. Nu äter vi, så du inte kan babbla så mycket, mumlade Scotten och öppnade ugnsluckan.

-Jag tycker att vi börjar med snittarna, så smakar maten bättre om den får stå framme några minuter, sade Ebba och lade upp dem på en tallrik.

- - - - -

-Tror du vi kan få till en husrannsakan hemma hos Linn? Vi vet ju faktiskt inte om Albert tagit sig tillbaka dit och ligger och trycker ett tag, undrade Leila.

-Jag är inte säker på att det går för sig, men det kan nog vara läge att försöka. Innan hade hon en katt kommer jag ihåg, men den strök ju med vid sprängningen av hennes brevinkast. Vet du om hon skaffat någon ny kisse? frågade hennes chef.

-Vad jag vill minnas så har hon alltid sagt att hon vill ha ett husdjur, men jag har inte en aning om Linn skaffat någon den senaste tiden. Det är klart, har hon gjort det, måste den så klart ha mat och vatten omgående, svarade Leila.

-Det är min tanke också och det kan vara en väg in för oss att kolla hennes lägenhet. Motiverar vi det med att hennes katt behöver utfodras nu när Linn är försvunnen, finns det ingen åklagare som nekar oss att gå in. Skulle de inte tillåta oss det, riskerar de lätt att bli uthängda i pressen för att de indirekt medverkat till djurplågeri. Det är ganska lätt för oss att tipsa din murvel om det, eller hur? sade Jesper och garvade.

-Vi är faktiskt gifta nu och hans yrke är inte murvel utan journalist, men annars är jag med på ditt resonemang, muttrade hon.

-Ja, på tal om det, hur var det att gifta sig på Teneriffa, flöt allt på som det skulle? undrade han.

-Jo, allt var helt perfekt! Kläderna, maten och vädret kunde inte varit bättre. En del vill säkert gifta sig under mer pompösa förhållanden med flera hundra gäster och vräkigt värre, men det har aldrig varit vår melodi. Tänk dig att stå i en tunn bröllopsklänning den tjugonionde december utomhus och inte frysa! Det var helt underbart! berättade Leila lyriskt.

-Den idèn har aldrig slagit mig, att dra på mig en klänning i december och inte någon annan månad heller för den delen! Vad åt ni för något gott, blev det något lokalt typ tapas? undrade han.

-De hade det som förslag, men vi tog paella istället med rödvin till! Tyvärr spillde Petter vin på fracken han hyrt, så vi fick betala extra när vi lämnade tillbaka den, förklarade Leila.

-Tja, det är ju sådant som kan hända. Gjorde ni inget speciellt på kvällen då? jag menar, vigseln var väl färdig senast under eftermiddagen, resonerade hennes chef.

-Nu är du inte lite fräck, din snuskhummer! Vad brukar nygifta göra när bröllopsdagen är över? utbrast Leila fränt.

-Jag menar så klart vad ni gjorde innan ni hamnade i sänghalmen! Det borde varit flera timmar däremellan, förklarade han.

-Jaha, är det så du tänker! Faktum är att vi gick och badade innan vi gick ut och dansade. Normalt sett är jag inte så pigg på att dansa, men efter lite vin är jag nog mindre självkritisk, svarade hon och rodnade.

-Det låter härligt! Verkar som du säger, att det var helt perfekt. Risken om man drar på för stort med allting är att det inte blir så bra och då är nog besvikelsen nära. Även om feta släkten tycker att man sviker när man drar iväg, ska man förstås göra det man själv anser är rätt, sade Jesper.

-Visst fick vi en del sura kommentarer när de fick veta att vi inte skulle göra något traditionellt, men det var ju oss det skulle passa och ingen annan. Ett giftermål kan dessutom skena iväg och bli hur dyrt som helst om man ska vara alla till lags. Nu stannade allt under tjugotusen och då var resan inräknad också, fortsatte hon.

-Tja, det låter rimligt. Jag kan tänka att flyg och hotell gick på runt tolv, så den summan behöver man faktiskt inte räkna in. Ni kanske ändå hade åkt dit, om du förstår hur jag menar, sade hennes chef.

-Det har du rätt i, så ska man nog egentligen räkna. Vi köpte inte ens några speciella presenter till varandra, vilket kanske är brukligt. Dessutom fick resan bli betald för julklappspengar, vi köpte nämligen inget annat till varandra, förklarade Leila.

-Låter listigt, för oftast köper man väl bara en massa krafs till jul, som man är osäker på om den andre vill ha. Vänder man på det, så vet jag inte när jag fick något jag verkligen ville ha. På köpet vet man att allt är hälften så dyrt bara några veckor senare. Därmed kunde man fått något betydligt mer värdefullt om man bytt julklappar i mitten på januari istället, fortsatte han.

-Ja, men den som kläcker den idèn blir snabbt stämplad som snål och gniden. Skulle alla göra slag i saken, hade säkert många butiker fått slå igen, för de lever till stor del på handeln i december, sade Leila.

-Jo, det drar troligen med sig något negativt med.

Nu provar jag att ringa åklagaren direkt. Har vi tur så blir det okej med en gång, berättade Jesper.

-Under tiden tar jag fram numret till vaktmästaren i Linns område, så han kan låsa upp åt oss om det behövs, svarade hon.

-Super, åklagaren var inte svår att övertyga, så får du tag på vaktis kan vi vara där om en kvart! Behöver du fika innan vi åker förresten? frågade Jesper.

-Det är klart att det är bättre att förekomma än att förekommas. Min morfar sade alltid att det var bäst att ta alla tillfällen som gavs när det gällde mat och fika, för man kunde aldrig säkert veta när man fick läge igen! Med andra ord så är det givet att vi ska passa på att fika rejält innan vi åker, förtydligade Leila.

-Jaha, de visdomsorden förstår jag vid det här laget att du tagit fasta på. Under tiden vi fikar får vi fundera på om det är något särskilt vi på bör kolla i Linns lägenhet, svarade Jesper medan de började gå mot fikarummet.

-Jag tror vi får bereda oss på det värsta, som att Albert kanske snott med Linns nyckel till lägenheten och gömmer sig där. Då vet vi att han lär vara beväpnad och absolut inte tänker ge sig frivilligt, spekulerade hon.

-Det är exakt så vi får tänka. Skyddsvästar på och dragna vapen, samt se till att ingen utomstående kan komma till skada. I ett ännu värre scenario kan faktiskt flera av hans vänner förskansat sig där, för att de planerar ett större brott. Det kan vara något de till varje pris vill ha med Jacobsson i, för det går inte att komma ifrån utan att han är en mästare inom sin genre, svarade hennes chef eftertänksamt.

-Möjligt att vi får en förvarning om vad som väntar, bara genom att titta efter misstänkta fordon på parkeringen utanför bostaden. Jag tycker även att vi ringer på hos grannarna först och hör med dem om de iattagit något misstänkt. Du vet ju att många människor har koll på sin omgivning. Dels när grannar går hemifrån eller när de kommer tillbaka samt om de väsnas, förklarade hon.

-Jo, det finns de som verkar ha det som sin huvudsysselsättning, vilket vi ska vara tacksamma för. På grund av att många har det beteendet, så har vi löst massor med brott, sade Jesper och smuttade på det varma kaffet.

-Om det finns tecken på att det pågår något onormalt i lägenheten, har vi ju möjlighet att kalla på förstärkning. Däremot om allt är lugnt enligt de som bor i trappuppgången, borde vi klara av det själva. Jag får hämta mer kaffe, för mitt är redan slut, upplyste Leila om.

-Jag begriper inte hur du kunde få i dig drycken så

snabbt, det är ju skållhett än! sade hennes chef undrande.

-Hemligheten är att man antingen varvar med polismyndighetens halvtorra mandelkubbar, eller några rejäla limpsmörgåsar. På det viset blandas det upp i munnen och blir alldeles lagom, förklarade hon.

-Jaha, då har man lärt sig något nytt idag med. Men om man nu inte vill smälla i sig en massa till kaffet, vad har du då för förslag? frågade Jesper.

-Det alternativet är uteslutet, så det är tilltugg som gäller. Jag fick svar via ett textmeddelande från vaktmästaren nu, han är nere vid porten där Linn bor om en halvtimme, sade hon.

-Det låter förträffligt, då hinner vi se över all utrustning först och även fråga hennes grannar om läget. Jag har fikat färdigt, så jag går ut och kör fram bilen så länge, berättade Jesper.

-Det blir lagom, för jag är snart färdig, mumlade Leila till svar.

- - - - -

Kapitel 10

Ebba kom i sista stund på att Ludvig druckit en starköl
när de skulle åka hem, så hon fick ta plats bakom ratten
istället. Efter god mat och ett par halv bra filmer som alla
duktigt lyckats prata sönder, hade klockan passerat
midnatt. Sista timmen hade Lisa inte vetat hur hon skulle
sitta, för värken ville bara tillta hur hon än for runt i
fåtöljen.
-Tycker du vi ska åka in redan till förlossningen?
undrade Scotten oroligt när Ludvig och Ebba dragit iväg.
-Nej fasen, det är klart att vi inte kan, vi skulle bara bli
hemskickade med en gång. Så länge jag inte har
sammandragningar var tredje minut, vill de att jag
stannar hemma, förklarade Lisa irriterat.
-Kan du ta några värktabletter, eller är det inte läge
heller? undrade han.
-De avrådde från det i slutskedet, men snart vet jag inte
om jag står ut. Det värsta är att jag vet att det här är
bara början och att det kommer bli värre. Dessutom är
jag helt utmattad och slut, på samma gång som jag inte
får någon ro i kroppen, fortsatte hon.
-Du får säga vad jag kan göra för att underlätta, du
kanske vill ha något att äta eller dricka, försökte han.
-Det enda jag vill ha just nu är godis. Jag vet inte om det
är bra eller dåligt, men det skiter jag i. Kan du fixa det?
frågade Lisa.
-Typiskt att du frågar så här dags, för alla affärer är
stängda. Jag tror knappast att vi har något hemma, men
en koll går ju alltid att göra, svarade Scotten och gick

mot köket.

-Nej, det finns nog inget, för det har säkert redan gått åt. Jag har varit riktigt sugen på sådant sista tiden, berättade Lisa medan hon tog plats i soffan.

-Det finns bara nyttigheter här, vad jag kan se. Det närmaste i godisväg vi kan ordna är väl chokladbollar, vill du ha det? frågade han.

-Jo, men det är inte så dumt! Gör en rejäl laddning så de inte tar slut direkt. Vill du ha hjälp? frågade hon.

-Nej, vila du så länge om du kan. Det här ordnar jag på en kvart, jag tänkte brygga på rejält med kaffe med, sade Scotten.

-Härligt, lite går det åt till chokladbollarna, men det vet du väl. Har du hittat något recept i telefonen? undrade hon och gäspade.

-Klart jag har och som tur är har vi allt hemma. Helst borde de väl fått stå ett tag i kylen, men det är knappast av någon större betydelse, svarade Scotten.

En halvtimme senare vinglade han in med en full bricka till TV-rummet. När han passerade tröskeln hörde han Lisas snarkningar, men beslöt sig ändå för att sätta ner nattfikat på soffbordet. Han insåg direkt att det absolut inte var läge att väcka henne, nu när hon till slut lyckats koppla bort smärtan och somnat.

En stund senare, efter ett knippe chokladbollar och tre muggar kaffe, lade han på en filt över Lisa, innan han gick och lade sig i sängen.

På grund av allt koffeinintag, var det omöjligt att somna, trots en fullsmetad vecka bakom sig. Hjärnan gick för högtryck utan att något vettigt kom fram. Allt från att de snart var föräldrar, till skjutningen och hämnden som var på gång, avhandlades under skalpen.

Ett par timmar senare, infann sig äntligen hans långa avslappnade andning, som han visste föregick insomnandet för honom. Äntligen, tänkte han och myste ännu mer när han kom på att det faktiskt var lördag och därmed behövde han inte sticka till jobbet.

Plötsligt hörde Scotten steg i köket och för att höra bättre vad som var på gång, så satte han sig upp. Inga fler ljud hördes på en stund, så han undrade om han drömt.

När han öppnade sina ögon, såg han dock ett svagt ljussken från köket och därmed förstod han att det var något verkligt som skedde och ingen dröm.

-Jädra goda chokladbollar du gjort, synd bara att kaffet var slut, muttrade Lisa samtidigt som hon stängde kylskåpsdörren.

-Jaså, är det du som är uppe och tassar, jag hade precis somnat, mumlade Scotten.

-Jag slumrade visst till en stund i soffan och som väl är har värken gett sig. Tusan! Klockan är snart fyra på morgonen, så om en stund vill nog Henrik gå ut med dig, sade hon och kröp ner i sängen.

-Tack för upplysningen. När var den första husvisningen du ville gå på förresten? frågade han.

-Just det! det hade jag totalt glömt bort, tack för påminnelsen! Jag hade för mig att det var något supertrevligt på gång, men kom inte på vad det var. En var visst redan klockan tio och den andra vid tolv. Vad kul det ska bli, visst tycker du väl det? sade Lisa medan hon sträckte på sig.

-Helt underbart, men nu vill jag sova. God natt älskling,

sade Scotten.

-Sov gott! svarade hon och kysste honom.

- - - - -

-Typiskt, den här kollen i Linns lägenhet gav inte speciellt mycket. Vi kan konstatera att det knappast går att fastställa om någon varit där det senaste dygnet, om vi nu blir klokare av det, sade Jesper.

-Jag håller med dig fullständigt. Grannarna verkade nästan ovilliga att svara på om de sett någon där heller. En positiv sak var ändå att där inte fanns någon katt som höll på att svälta ihjäl, tillade Leila.

-Om det var något jag reagerade på där, så var det att allt såg så undanplockat och städat ut, men Linn kanske trots allt är en ordningsmänniska, spekulerade hennes chef.

-Jag känner henne för dåligt, så jag ska egentligen inte uttala mig om det. Med tanke på att hon är singel och inte har något husdjur, så är det nog rätt vanligt att det är hygglig ordning hos de flesta i hennes situation. Det blir säkert mer rörigt om det är fler i ett hushåll, för då kanske man förlitar sig på att ens partner snyggar till efter en, fortsatte hon.

-Jaha, är det så du tänker, att din murvel får städa efter dig? frågade han och skrattade.

-I vårt hem är det faktiskt snarare tvärtom, det vill säga att det är jag som får tjata på Petter för det mesta, när han håller på att vända till. Det är min uppfattning i alla fall, svarade Leila.

-Tja, han kanske tycker annorlunda, men det behöver ju inte jag bry mig om. Från det ena till det andra, vad drar du för slutsats beträffande Linn och Albert med för den delen? undrade Jesper.

-Med tanke på att de båda är spårlöst försvunna, så tvivlar jag ärligt talat på om vi kommer hitta henne vid liv. Bara Alberts blick kan få vem som helst att stelna av skräck och jag är rädd för att hon gått en plågsam död till mötes. Med sin uppfinningsrikedom kan han säkert ha gömt henne på ett ställe som vi aldrig kommer att hitta. Albert däremot kanske vi får tag på till slut, men det kanske dröjer flera år tills dess, typ när brottet är preskriberat, svarade Leila.

-Det är min mening också, att det ligger till på det viset. Märkligt ändå, att vi inte ens fått några rapporter om var fordonet tagit vägen. Jag menar, en VW-buss stoppar man knappast ner i fickan, sade hennes chef.

-Nej, och sedan går det faktiskt alltid åt pengar, eller rättare sagt ett kontokort till vad man än ska göra. Alberts konton har vi spärrat och försöker han sig på att stjäla lär vi snabbt få nys om det. Även pass och alla andra ID-handlingar saknar han, för de ligger i tryggt förvar hos oss, sade hon.

-Sådana där typer har säkert flera identiter och utseendet kan de ändra också. Om vi hårdrar det, så kan en plastikkirurg bygga om plytet på honom så vi inte har en chans att känna igen honom. Jag tror att en öppning i utredningen kan vara att gå till botten med hur Albert lyckats få tag på skyddsmask och tårgas. Plus givetvis hur han kunde bli av med handbojorna. Antingen är det väl någon på Arnöanstalten som hjälpt honom, eller de som sköter fordonen, berättade Jesper.

-Ska vi åka upp till anstalten och sondera terrängen? Förhoppningsvis kanske vi hittar den svaga länken. Det kan väl vara en god idè, men då åker vi dit oanmält, annars finns risken att den skyldige ger sig av. Jag ser att vi fått fram fakta om de falska ID-korten, det kom med ett mail precis nu, sade hon.

-Toppen, det måste vi läsa först, svarade hennes chef intresserat.

-Gärningsmännen har nekat till att säga vem som gjort handlingarna åt dem, men allt pekar på att de är gjorda av samma person som figurerat tidigare i sådana här sammanhang, nämligen Albert Jacobsson! upplyste Leila om.

-Det var som tusan och det har han förstås inte utfört utan att ta bra betalt. Antingen i pengar eller brottsliga gentjänster skulle jag förmoda, sade Jesper.

-Det har vi ju inga belägg för, men det är klart att allt annat är helt orimligt. Med andra ord så har säkert Albert vid det här laget lämnat landet med hjälp av ett oäkta pass, fortsatte hon.

-Visst kan det vara så, men han kan faktiskt lika gärna vara kvar, med tanke på att han nu då troligen går under ett annat namn. Det är fruktansvärt vad lätt en del gör det för sig, genom att stjäla någon annans identitet, spekulerade han.

-Jo, visst är det på det viset. Om jag inte minns helt fel, läste jag för ett tag sedan att de som är riktigt duktiga, de löser det genom att skapa en ny person, i datorn alltså. Det enda som kan avslöja dem är om de hamnar på sjukhus eller grips av oss för något. Finns de med i DNA registret eller om ett fingeravtryck tas, är det kört för dem, förklarade Leila.

-Ja, jag har sagt det tidigare, polisen ligger ofta ett steg efter. Mitt förslag har sedan länge varit att alla skulle få ett chip intryckt i benmärgen redan vid födseln. Förutom identiteten skulle man även kunna se var personen befann sig. Då skulle det definitivt vara slut på all brottslighet, resonerade hennes chef.

-Möjligt att en hel del skulle hålla sig i skinnet för att upptäcktsrisken är stor, men de som verkligen går in för att leva utanför lagen skulle säkert hitta kryphål för det, kanske genom att störa ut sändaren i chipet. Dessutom tror jag aldrig att det blir verklighet med tanke på att den personliga integriteten försvinner, sade hon.

-I det här landet dröjer det säkert, men på andra håll är det snart verklighet, oavsett vad befolkningen tycker om det. De som sköter sig har nog egentligen inte så mycket emot ett mer övervakat samhälle, för det innebär stora fördelar. Räknar man på hur mycket som istället kunde satsas på mat till alla, utbildning och sjukvård med mera, så är det ganska lätt att motivera, sade Jesper.

-Ja, när du vinklar det så, blir det förstås en annan grej men jag har ändå svårt att tänka mig att framtiden kommer att se ut så. Hur som helst, nu tycker jag att vi åker till Arnö, så får vi se vad som framkommer där. Det andra är väldigt intressant men ingen av oss vet hur det blir. Det kanske inte ändras under vår livstid ens, sade hon och började gå mot ytterdörren.

-Jag säger inte att du har fel, men faktum är att vi har väldigt olika uppfattning om hur fort det kommer att gå, svarade Jesper och följde efter henne.

-Jag kan köra till anstalten, så får du dra upp riktlinjerna för besöket, föreslog Leila.

-Okej, så kan vi göra. Spontant tror jag att vi kan få fram om det finns brister på anstalten genom att hävda att vi är där för att hämta en intern till förhör. Pressar vi dem riktigt så ser vi snart om det är något som inte fungerar i deras rutiner. Jag menar, kommer det bortförklaringar och konstigheter, så ligger felet säkert där, svarade han.

-Ja, vi kör på det. Däremot om de följer alla rutiner och handlingsplaner, så ligger problemet kanske på transportenheten då, sade Leila.

-Ja, eller som vi öppnade upp för innan. Det kan vara de som städar eller utför service på fordonen. Det är de punkterna jag tror är mest sannolika, sade Jesper.

-Fasen, tänk om föräldrarna visste hur farligt deras barn beter sig när de ska till och från skolan! utbrast Leila när hon fick gira häftigt för att inte köra på en cyklist som kom på fel sida av gatan.

-Jag är inte säker på att målsmännen alla gånger själva vet vad som är rätt och fel. Därmed är det öppet för att ungarna gör som de sett sin mamma och pappa göra, svarade hennes chef.

-Ja, men lite sunt bondförnuft borde väl ändå skolungarna ha. Begriper de inte att det gör förbannat ont att bli överkörd av en bil? Menar du att de är så naiva så de antar att det bara är att cykla eller gå vidare precis som i ett dataspel, sade Leila undrande.

-Kanske det, eller så förmodar de att du kan väja blixtsnabbt och stanna på ett par meter, inte vet jag. Men visst, jag håller med dig, det är väldigt tunt med trafikvett hos många, svarade han.

-Jäkla tur att vi redan är framme. Jag vet inte om jag orkat med fler självmordskandidater nu. Minst fyra livsfarliga händelser på en halvmil, det är ju inte riktigt klokt, sade Leila och suckade.

-Vi får göra en insats på området inom det närmaste. Först upplysning och sedan tar vi fram bötesblocket, men det får bli när vi får tid över. Kör in till utlämningen, så påstår vi att vi ska hämta en person som heter Linus Svensson, berättade han.

-Okej, men vi måste väl ha ett beslut på något papper om det? sade Leila undrande.

-Klart jag har ett papper, det ser du väl här! förklarade Jesper och höll fram det.

-Ja men för tusan, det där är ju förra veckans matsedel på Åhlènsrestaurangen! utbrast hon.

-Skit samma, vi får se om det fungerar. Vem vet, vi kanske får med oss ett helt knippe med typer härifrån, svarade hennes chef och garvade.

- - - - -

Kapitel 11

Scotten vaknade med ett ryck av att någon kysste honom frenetiskt över hela ansiktet. Tankarna gick snabbt till en het stund med Lisa, men tyvärr öppnade han sina ögon och fick därmed se att det inte alls var som han förmodat. Tydligen hade han inte vaknat av att Henrik slutat snarka den här morgonen och nu gjorde hunden klart för honom att det var dags att besöka parken. Första stegen upp från sängen påminde Scotten direkt om att sömnen helt klart varit otillräcklig den senaste natten. Dels kunde han knappt gå rakt, men värst var ändå att han såg allting suddigt. Först blev han rädd, för det här kändes inte alls okej. Turligt nog fixade sig allt när han efter en stund kommit ut i köket och druckit ett glas kallt vatten.

-Nu är jag på banan igen, sade han tyst till Henrik som tittade med förvånad blick på honom.

Direkt utanför porten kvicknade Scotten till fullständigt, för den bistra vintermorgonen kunde inte lämna någon oberörd. Speciellt kallt var det inte, högst fem minus grader. Det som istället friskade upp rejält var den nordliga vinden som kom i vågor, tillsammans med en fuktig förnimmelse som var mer bekant när temperaturen låg på plussidan. Återigen påmindes Scotten om hur jäkla oskönt klimatet var, särskilt vid havet den här årstiden. Henrik tycktes känna likadant, för efter en snabbvisit i parken och utan minsta spår efter Stella, drog han bestämt tillbaka mot den sköna värmen inne i lägenheten. På väg uppför trapporna kom

Scotten plötsligt att tänka på Ludvig och sin tvillingsyster Ebba som snart skulle flytta till ett hus i Oxelösund. På många sätt kändes det som ett väldigt stort steg, som kunde dra med sig både positiva och mindre bra grejer. Visst vore det kul att få bestämma själv mer hur man ville ha det med planlösning och så, men på samma gång medförde det säkert en hel del oförutsedda kostnader. Innerst inne hoppades han att det skulle dröja ett tag för honom och Lisa innan det blev aktuellt att skaffa eget, men samtidigt insåg han att tillfället som var lämpligast, kanske dök upp redan under dagens husvisningar som de skulle besöka. Chansen fanns att de hittade sin drömkåk och då visste han att Lisa skulle köra över hans oro och se till att det blev deras kommande bostad. Visserligen anande han att både Lisas föräldrar liksom hans egna, Henrik och Maria, på alla möjliga sätt skulle se till att de kunde bo kvar, oavsett om dyra reparationer dök upp. Grejen var ändå den, att Scotten helst ville kunna reda ut allt sådant där själv utan att ha någon hållhake på sig. Precis när han skulle låsa upp lägenhetsdörren, kom han på vilka stora saker som faktiskt höll på att hända med honom själv, långt mycket viktigare än ett sketet husköp! När som helst skulle han bli pappa och fanns det egentligen något som var större i livet? Med ett brett leende tog han av Henrik kopplet, innan han själv tog av sig sina kängor och jackan.

- Ni var inte ute speciellt länge, är det kyligt ute? frågade Lisa inifrån sovrummet.

-Ja, det lockade verkligen inte till att ta en långpromenad. Det är som att det blåser en isande vind som går ända in i benmärgen, förklarade Scotten.

-Jag trodde nästan det, för man kan höra ganska väl att det viner i fönstren. Vi får väl se till att klä på oss ordentligt sedan när vi ska på husvisning. Visserligen är det läge och ta bilen, men det är förmodligen som att sätta sig i en frysbox nu när den står ute. Det är ju en fördel vid husköp, att man för det mesta får ett garage på köpet, svarade Lisa.

-Jo, kanske det, sade han. När hon påpekat att det hördes genom fönstren att det blåste för att de behövde tätas, hade han tänkt säga att det bara var till att ringa vaktmästaren på måndag, så skulle det förmodligen vara ordnat under samma dag och dessutom gratis. När Scotten vägde detta mot att få ett eget garage till deras bil, insåg han att det inte var lönt att säga något om fördelarna med lägenhet.

-Alltså, jag tycker att det känns annorlunda i magen på något sätt. Kan du ge mig min mobiltelefon som ligger på hallbyrån? undrade Lisa.

-Menar du att det är dags att åka in? frågade Scotten oroligt.

-Jag vill bara kolla exakt hur långt det är mellan sammandragningarna nu, jag tycker bestämt att de kommer tätare nu än igår kväll, sade hon och grimaserade.

-Jag kan gå ner och köra fram bilen så länge så hinner den bli lite varm också, föreslog han och tittade efter nycklarna.

-Ta det lugnt, jag måste kolla tiden först. Jag har aldrig varit med om det här tidigare, men det skulle förvåna mig om vi inte blir föräldrar innan det blir en ny vecka, förklarade Lisa.

-Tusan, var är din färdigpackade bag? Den har ju stått här i sovrummet i två veckor och nu är den väck! Har du sett den? frågade han.

-Det är lugnt, jag har ställt den i hallen vid dörren så vi inte ska glömma den. Förresten har jag talat om det, men det har du nog glömt, spekulerade hon.

-Det har jag aldrig hört, att du har flyttat på den. Vid närmare eftertanke tror jag aldrig att du har berättat det, muttrade Scotten.

-Minst tre gånger vet jag att du fått höra det, men det spelar ingen roll. Nu är det knappt tre, så det är dags, sade Lisa.

-Vadå dags, för frukost eller? Vad menar du med knappt tre? undrade Scotten med sina ögonbryn långt upp i pannan.

-Mindre än tre minuter mellan värkarna så klart, svarade Lisa samtidgt som hon försökte att stå emot smärtan utan att skrika.

-Nu låser sig hjärnan precis för mig, du får vara så snäll och tala om för mig vad jag ska göra! förklarade Scotten och tog sig för pannan.

-Ta det bara lugnt, hinner vi inte till sjukhuset får du hjälpa mig att förlösa, antingen här eller i bilen, sade Lisa och skrattade.

-Det där var inte alls roligt. Nu rusar jag ner och kör fram bilen, sedan kommer jag och möter dig, berättade han.

-Ta med dig bagen så slipper jag släpa på den. Hinner du så får du väl ringa dina föräldrar och be dem se till våra djur, fortsatte hon medan hon tog på sig sina rosa foppatofflor och en vit kappa.

-Visst, fixar det. Har du glömt att det fortfarande är januari? De där kan du väl inte ha på fötterna? frågade Scotten.

-Skit samma vad jag har för skodon, de här är de enda jag får på mig själv. Stick nu, annars hinner vi aldrig in, kommenderade Lisa.

- - - - -

-Jaha, då vet vi i alla fall att rutinerna sköts som de ska på anstalten, för de såg ju med en gång att utlämningen inte stämde, sade hennes chef.

-Ibland kan det förstås ske misstag så att det kan gå fel vid sådana här viktiga tillfällen men jag tror som du att det alltid är ordning på Arnö. Chansen att någon lyckas pressa en anställd där för att hjälpa till med ett flyktförsök finns ju egentligen inte, i och med att det är så många inblandade, svarade Leila med en bekymrad min.

-Frågan är bara vad vi ska gå vidare med. En tanke jag hade tidigare var att fordonet preparerats vid en service, men så kan knappast heller vara fallet. De intygade ju att den istället skulle in nästa vecka, fortsatte Jesper.

-Albert Jacobsson har visserligen slagit oss med häpnad förr, men det här går över vad som är rimligt. Jag menar, inte tusan kan han fått med sig vad han behöver för att bli fri utan att det skulle märkas, spekulerade han.

-Nej, det tror jag inte heller. Albert måste fått hjälp med det här, det gäller bara för oss att komma på hur, svarade Leila samtidigt som hon hörde att det kom ett textmeddelande.

-Hoppas sms:et kan ge svar på våra frågor, mumlade Jesper otåligt medan hon tog fram sin mobiltelefon.

-Det är från Lisbeth. Hon skriver att fordonet som Jacobsson färdats i är återfunnet. Tyvärr är det totalt utbränt, så några ledtrådar är nog svårt att finna där, berättade Leila.

-Typiskt, vi hade behövt något färskt att följa upp. Skrev hon var den återfanns? undrade Jesper.

-Ja, tydligen i ett industriområde i Stockholm. Då vet vi i alla fall i vilken riktning han flytt, sade hon.

-Kanske, så vida det inte är ett villospår. Han kan lika väl begett sig söderut om han fått hjälp av någon, vilket är troligt. Trots allt är det ju bekräftat nu att vi inte behöver söka efter den bilen mer, sade han och suckade.

-Även om han haft medhjälpare, så är det inte omöjligt att de läcker eller försäger sig, vi får väl hoppas på något sådant, svarade Leila.

-Ja, men det är alldeles för tunt! Det är bara ren tur om det sker och helst vill vi faktiskt lösa rymningen snarast! För varje minut som går och vi inte återfinner Linn så minskar chansen att vi hittar henne vid liv. Förutsätter vi att hon är fastsatt runt ett träd också, lär hon inte klara sig speciellt lång tid utan vatten och mat, förklarade Jesper.

-Jag vet att det är så och det är fruktansvärt tråkigt. På köpet är vi i slutet på januari och därmed är väl risken överhängande att hon snudd på fryser ihjäl för det är ju minusgrader nattetid, fortsatte hon.

-Vi får begära att en helikopter med värmekamera söker av området mellan platsen där vi fann väktarna och industriområdet i Stockholm. Jag kan tänka mig att vi borde börja med fem kilometer öster och väster om E4:an. Ger det ingen utdelning får vi dubbla sträckan i sidled.

-Ja, det låter klokt. Hade vi ett mindre område att söka av kunde det säkert gjorts med hundpatruller men nu rör det sig om nästan tio mil. En tanke som slog mig nu, är att hon kanske gömts i någon byggnad och då inte alltför långt från den utbrända bilen. Om det är så, lär hon inte synas på någon värmekamera, förklarade Leila.

-Det är också en sak vi får ha i beaktande. Vi får väl helt enkelt be våra kollegor i Stockholm att söka igenom tänkbara platser och då förslagsvis använda sig av spårhundar, sade hennes chef.

-Ja, vi får informera de som går på nästa pass om planerna, så kan vi få lite välbehövlig vila. Vår arbetstid slutade för över en halvtimme sedan, sade Leila.

-Fasen, det trodde jag knappast att klockan var så mycket! Vi gör som du föreslår och hoppas att insatserna bär frukt. I så fall får vi be att vi kontaktas om Linn återfinns. Det känns som att hon sitter inne med viktig information om vart Jacobsson begett sig, svarade Jesper.

-Jag ber om sökning i närheten av den utbrunna bilen, så fixar du helikoptern, sade Leila och tog fram telefonnumret dit.

-Visst, så kan vi göra. Hör vi inget om någon framgång i sökandet under kvällen och natten, så börjar vi en timme senare imorgon. Det är viktigt att vi inte bränner ut oss fullständigt, för då tappar vi fokus, svarade han och knappade in numret.

En kvart senare satt Leila på cykeln på väg hem. Hjärnan gjorde allt den kunde för att sortera upp alla händelser, dock utan någon större framgång. Ideligen kom tankarna upp, att hon kanske sett Linn för sista gången. Det var ganska troligt att hon befann sig fastsatt någonstans, antagligen utomhus i skogen, långt ifrån att bli räddad. Innerst inne visste Leila att det lika gärna kunde varit hon som hamnat i den här hemska situationen. Leila skämdes för att det var Linn som rövats bort och inte hon, för på vissa plan var hennes kollega mer sårbar än hon själv. Det stora stödet i sin man Petter var ovärderligt och hon visste att bara tankarna på honom skulle hjälpa henne att klara av en sådan här pressad situation. Linn däremot var faktiskt helt ensam, hon hade inte ens en katt kvar för den hade en brevbomb dödat nyligen.

Själv kunde hon se fram mot en stund under en filt i soffan medan Petter försåg henne med varm dryck och några kramar. Det var inte säkert att han brydde sig om att fråga hur arbetsdagen varit, för han brukade säga att det syntes på henne om hon ville berätta något om den eller inte. Var det som i det senare fallet, brukade de krama varandra under tystnad och i de här lägena kände Leila att hon på något sätt tankades med energi och allt blev genast mer lätthanterligt. Om hon gav kraft till sin man vid de här tillfällena, visste hon inte. Petter påstod att det var så, men det var hon inte riktigt säker på om det stämde.

- - - - -

-De lovade att se till Henrik och Knasen framåt lunch. Ska jag hjälpa dig att komma in i bilen? sade Scotten frågande.
-Bra att de ordnar det. Jag tror det går fint att sätta mig, bara du skjuter tillbaka stolen och lutar ryggstödet lite

mer, svarade Lisa.

-Har du någon aning om värkarna kommer ännu tätare nu? undrade han.

-Det har jag inte hunnit kontrollera. Vi är ju på sjukhuset om tio minuter, så de får ta tiden då, sade hon och tog på sig bältet.

-Skönt att det knappt är någon trafik ute så här dags. Visserligen är det lördag morgon, men att det skulle vara så här lugnt trodde jag inte, påpekade Scotten.

-Det har du verkligen rätt i, vi får väl hoppas att det finns en ledig parkeringsplats nära ingången med, svarade hon.

-Om alla rutor är upptagna, släpper jag av dig och sticker iväg och parkerar. Är det något mer som ska med från bilen, än bagen? frågade han.

-Allt jag behöver ska finnas i den. Vilken tur, det finns en tom ruta där, ta den! upplyste Lisa om och pekade.

-Perfekt, ibland ska man ha tur. Det hade väl löst sig ändå, men det känns alltid lugnare om vi kan vara tillsammans hela tiden nu. Vänta tills jag kommit ur bilen så kan jag lyfta ut dina ben, förklarade Scotten.

-Fasen, tycker du att jag är en gammeltacka bara för att vi ska ha barn! Jag kan ta mig ut själv! fräste Lisa och gjorde en kraftansträngning.

-Okej, jag tänkte bara hjälpa till, muttrade han till svar.

-Satfläsk! nu gick visst vattnet! skrek Lisa hysteriskt.

-Jag sade ju att jag kunde lyfta ut benen åt dig, men ibland är du så förbannat envis, sade Scotten.

-Jag trodde väl inte att det skulle påverka det hela, men tydligen. Hur som helst så är vi ju framme nu så det är väl bara att försöka ta sig in, sade hon innan en rejäl

109

sammandragning.

-Jag hämtar en rullstol, jag ser en i entrèn, sade han.

-Visst, men skynda dig, för jag orkar inte stå här hur länge som helst. Sedan får du se till att vi hamnar på rätt avdelning, svarade hon och lutade sig mot bilen.

-Klart att jag hittar dit, dessutom finns det faktiskt en massa skyltar som talar om vart vi ska. Förresten börjar jag känna av att vi inte hann med att äta någon frukost, är inte du hungrig? frågade han.

-Jag begriper inte hur du kan tänka på käk nu, det får vänta. Klarar du dig inte får du väl öppna påsen med nötter som ligger i ytterfacket på bagen, sade Lisa.

-Ja tack, det är nog vad jag behöver, plus en mugg kaffe. Där är faktiskt en automat, den ska jag besöka sedan, sade Scotten medan han sköt på rullstolen i full fart.

-Jag hoppas verkligen att de kan ge mig någon ordentlig bedövning snart, för det börjar bli helt outhärdligt, fortsatte Lisa samtidigt som hon tog fram sin legitimation.

-Ha, vad kul! Nu när du har din vita kappa och de rosa foppatofflorna på dig, kan man ju tro att du jobbar här. Varenda sköterska jag sett hittills går ju klädd på det viset, berättade Scotten och garvade.

-Möjligt att vi ser likadana ut, men det är faktiskt bara jag som åker rullstol. Dessutom har jag ingen namnskylt på mig, förklarade hon.

-Där framme är nog din barnmorska, jag känner igen henne från kursen. Skönt att vi hann i tid, sade Scotten och pustade ut.

- - - - -

Kapitel 12

-Jag känner på mig att Lisa fått åka in till sjukhuset, eller vad tror du? frågade Ebba.

-Det är väl inget man kan känna på sig, men det är möjligt att du har rätt. Förr eller senare måste väl ungen ploppa ut, det är ju inget märkvärdigt med det, svarade Ludvig samtidigt som han med kisande ögon läste av vad klockradion stod på.

-Det är faktiskt bland det största som kan hända här i livet och glöm inte att min tvillingbror ska bli pappa! Tror du det går bra att ringa och höra om de redan är föräldrar? undrade Ebba ivrigt.

-Jag tycker du ska lugna ner dig några hekton. Tänk på att det är lördag och klockan har ju bara passerat åtta. Jag tycker vi sover ett par timmar till istället, för det finns ingen anledning att gå upp redan, muttrade han och körde in sin vänsterarm under Ebbas kudde.

-Okej att jag väntar lite med att fråga, men det är helt klart dags att stiga upp nu. Du får göra frukost så kör jag igång en tvättmaskin, förklarade hon och drog av Ludvig täcket.

-Ska du hålla på så här när vi blir pensionärer också, så lär det bli väldigt jobbigt, svarade han och gäspade stort.

-Man ska inte skjuta upp allting, det är bättre att få saker gjorda med en gång. Tänk vad skönt ikväll, att kunna sätta sig och summera vad som fixats. Då kan man verkligen få känna lugn och harmoni, sade hon medan hon hällde i tvättmedlet.

-Knappast, för då är man skit slut för att man slavat en

hel dag och orkar inte fundera på det som är avverkat. Jag är mer inne på att man ska ta varje tillfälle som ges, till att ha det så skönt och härligt som möjligt. Tänk om det är sista dagen man lever, då vill man väl att den ska vara speciell, eller hur! försökte Ludvig och skrattade.

-Det är tur att inte alla tänker som du, för då skulle det bli kaos. Nu försöker jag ringa, det kan inte hjälpas om jag väcker henne, berättade Ebba.

-Testa med Scotten, han är väl mindre upptagen om de redan fått åka in, föreslog han.

-Det ligger någonting i det du säger, jag provar med honom, svarade Ebba och tryckte fram hans nummer.

-Svarar Scotten, så kan du be honom att ringa upp mig när han får tillfälle. Vi har nämligen lite grejer på gång, förklarade Ludvig.

-Nu har det gått fram åtta signaler, så de kanske redan fått åka in. Undrar om det blev en flicka eller pojke, sade hon funderande.

-Det troligaste är nog att han ligger och sover än, glöm inte att det fortfarande nästan är natt, berättade han.

-Det är väl inte natt ännu, klockan är ju snart halvnio. Förresten borde han väl vakna av ringsignalerna, svarade Ebba samtidigt som hon försökte ringa igen.

-Du får ju ha med i beräkningen att knaskatten kanske ligger på hans huvud, så därmed är det inte alls säkert att han hör telefonen. Men det är klart, Lisa borde väl väckt honom i så fall, spekulerade Ludvig medan han med hasande steg gick mot köket.

-Min mamma försöker visst ringa mig, det brukar hon inte göra så här dags, mumlade Ebba och tryckte på grön lur.

-Vad ville Maria? frågade Ludvig när han laddat kaffebryggaren.

-Det var ju som jag trodde, de har fått åka in för en stund sedan. Henrik och hon skulle visst utfodra Knasen och blodhunden frampå dagen, så det löser sig, svarade Ebba.

-Vi får hoppas det går smidigt och inte drar ut på tiden. Tror du de hör av sig när det är klart? undrade Ludvig.

-Det tar jag för givet, men man vet aldrig säkert med Scotten. Ibland vet han inte vad som är viktigt att tala om, fortsatte hon.

-Din morsa lär nog se till att hon får veta det direkt, det har hon säkert deklarerat. Och Maria i sin tur kommer helt säkert berätta för dig så fort hon vet något, sade Ludvig lugnande.

- - - - -

-Jag måste sticka till jobbet nu, sade Leila och pussade Petter på kinden.

-Fasen, vart tog den här natten vägen? Slutar du vid sjuttontiden som vanligt? frågade han sluddrigt på grund av att han bara var halvt vaken.

-Förhoppningsvis blir det inte senare, såvida det inte dyker upp något speciellt. Schysst om du har ordnat något gott att käka tills jag kommer hem, fortsatte hon medan ytterkläderna åkte på.

-Visst, jag fixar det. Var försiktig, mumlade Petter innan han somnade om.

På väg ner för trapporna tittade Leila till på klockan, precis som hon brukade göra. Den stod på kvart i åtta, så det skulle bli rätt så lagom att hinna fram i tid. Trots att Leila var mentalt förberedd på att det skulle vara väldigt oskönt ute, fick hon nästan en chock av att det var så jävligt. Inte nog med att det var mörkt och ett par minusgrader, utan till på köpet blåste det isande kallt från nordost.

-Har låset frusit, sparkar jag upp det, muttrade hon för sig själv medan lyktorna monterades. På första försöket gled nyckeln in och det gick att vrida om. Ett klick hördes som sade, att låskolven skött sig och några sekunder senare satt hon leende på cykeln för att åka till polisstationen. När hon kommit så här pass långt kändes det hyggligt att jobba, fast det var lördag och de flesta hon kände var lediga. Det var betydligt värre på fredagseftermiddagen, just att veta att en hel helg var vigd åt arbetet. Men så här på väg till jobbet, när magen var mätt efter en stadig frukost och det var snöfria gator att cykla på, tyckte hon ändå att det var okej. Helst hade Leila förstås stannat kvar i sängen med sin man Petter, men tanken på att komma hem efter arbetspasset och bli ompysslad, vägde upp en hel del.

-Godmorgon Leila! utbrast hennes chef när hon ställde ifrån sig cykeln på jobbet.

-Morrn, är allt bra? undrade hon.

-Jo tack, än så länge. Vi får väl se när vi kommer in på kontoret om det hänt något speciellt, förklarade Jesper.

-Det är klart att vi inte vet något om det än, men jag undrade om allt var okej med dig? frågade hon.

-Tja, du vet att i det här yrket så kan man aldrig lämna något helt förrän det är uppklarat. Det går inte att släppa dilemmat att Linn är försvunnen ännu! Ju längre tiden går, desto större är väl risken att vi får ett tråkigt besked om vad som hänt henne, fortsatte hennes chef.

-Jag förstår hur du känner och jag delar de tankarna. Hoppet är väl det sista vi får mista och med rätt insatser gör vi ju allt för att Linn ska återfinnas snarast, svarade Leila. Inom sig undrade hon varför Jesper inte ville svara på hennes fråga, hur han själv mådde egentligen. Efter lite funderande antog hon att han helt enkelt sköt bort sina egna problem, för att kunna ägna sig helt åt deras medarbetares försvinnande.

-Det här är en oroväckande utveckling tycker jag, att överfallsbrotten ökar så markant. I natt har det tydligen kommit in tre anmälningar där folk blivit rånade och i olika grad misshandlade bara här i Nyköping. Det som är nytt och det jag hatar mest, är att de blivit angripna i sina egna hem! sade hennes chef när han läst igenom nattpersonalens anteckningar.

-Ja, det är fruktansvärt. Att bli överfallen när man öppnar dörren för att man tror att någon är i behov av hjälp, är hemskt! Man kan undra hur personerna tänker som utför sådana här brott, svarade hon.

-En förklaring är väl att det är ganska lätt att komma över pengar och värdesaker på det viset. Med lite förarbete kan de lätt ta reda på om en person bor ensam och i vilken ålder de befinner sig i. Därmed kan de utesluta att någon ska komma till undsättning. Dessutom har det blivit allt svårare att stjäla prylar i butikerna, sade han.

-Det är klart att det mesta är stöldmärkt och att det knappast finns en butik som inte har kameraövervakning. Men det som förvånar mig, det är hur typerna rent moraliskt kan klara av det. Jag menar, ge sig på någon som är svagare och inte kan försvara sig, fortsatte Leila.

-Jag tror inte någon av dem lider av dåligt samvete för vad de sysslar med. Du kan lugnt räkna med att många av dem är påtända eller hävdar att de inte har något val. Oftast är det välorganiserat av någon huvudman i toppen, som kräver att de ska stjäla varor för över tio tusen per dygn. Förövarna själva får kanske på sin höjd behålla några hundralappar av dessa, som de sedermera försörjer sin familj med, berättade han.

-Jag vet att det är så och det är så jäkla ruttet! Här ser jag ett vittnesmål som berättat att rånaren till och med utgett sig för att vara polis! Antagligen öppnar de flesta sin dörr när någon säger på det viset! sade Leila upprivet.

-Ja, och när de väl öppnat så är snart brottet ett faktum. Två av brottsoffren är redan hörda under natten, men han som blev överfallen på söder ligger tydligen kvar på sjukhuset för observation. Förhoppningsvis kan han ge oss en del uppgifter om gärningsmannen, så vi åker dit meddetsamma, föreslog Jesper.

-Tidsmässigt och geografiskt är det väl möjligt att det är samma person vi söker, det är utspritt med ungefär en timmes mellanrum och inom en radie av ett par kvadratkilometer, påpekade hon.

-Jag har också reflekterat över det, men det kan vara en tillfällighet. Kriminaltekniker Lisbeth har tydligen redan besökt brottsplatserna och säkrat en del spår ser jag vidare i rapporterna, fortsatte han.

-Vad vet vi om mannen på sjukhuset, är han talbar? frågade hon.

-Alvar Stigsson heter han och är sjuttiotvå år samt

ensamstående. Det borde stått om han inte var vid medvetande, så jag förutsätter att vi kan få en del fakta av honom. Vi åker nu, så får vi se vad det ger. Med lite tur kanske Lisbeth har fått fram vem det är som förstört livet för åtminstone tre personer i natt tills vi kommer tillbaka, berättade Jesper förargat.

-Vi får väl hoppas att de inte blivit hotade till tystnad, för det har ju hänt förr. Jag har för mig att det var några liknande brott för ett halvår sedan, men det greps väl aldrig någon då? sade Leila undrande medan de gick ut till bilen.

-Det stämmer, men även då säkrades en del fingeravtryck. Tyvärr fanns de inte med i våra register, men det kan ju vara så att de överensstämmer med de vi hittar efter nattens räd, svarade han.

-Ja, eller så är det som du antydde tidigare, att det är en liga som utför brotten under en natt här, innan de drar vidare någon annanstans. Jag tror vi får kolla med våra kollegor både i Linköping och Norrköping till att börja med. Har de haft liknande överfall natten innan, är det förmodligen samordnat, spekulerade hon medan de satte sig i bilen.

-Visst, men skulle det inte vara så, kan det vara mycket troligt att det är i någon av de städerna som de slår till i kommande natt, sade han och började köra.

-Tusan, klockan är strax efter åtta, det skulle inte förvåna mig om vi kommer mitt i ronden! utbrast Leila.

-I så fall får vi vänta en stund. Vid närmare eftertanke tror jag inte att det är någon rond på helgerna, men jag är osäker. En läkare måste ju undersökt Alvar, vi får försöka komma i kontakt med honom, sade hennes chef och parkerade utanför sjukhuset.

-Det är kanske så att läkaren gått av sitt pass nu vid åtta, men då får vi söka på telefon, sade hon.

-Det verkar som om det är en rond på gång i alla fall, vi kan vänta här utanför så länge, sade Jesper när de kom fram till Alvars rum.

- - - - -

-Du får klippa här emellan, sade barnmorskan till Scotten.

-Javisst, gör det inte ont då? undrade han halvt förvirrad.

-Nej, det är ingen fara. Att killen skriker är bara bra, för då vet vi att han andas, svarade hon.

-Hej Lars! stammade Scotten fram och log brett.

-I första namn får han allt heta något annat, det ser ju vem som helst att det där inte är någon Lars, muttrade Lisa omtumlad av bedövningen.

-Vi får väl kalla honom för killen så länge då, tills vi kommit överens. Det viktigaste är ju att han verkar må bra, sade Scotten som var svimfärdig och därför satte sig ner.

-Det låter som en bra idè. En läkare ska kolla killen nu, så får ni fika sedan, berättade barnmorskan.

-Jaha, tänk nu är vi föräldrar, visst är det fantastiskt! sade Lisa.

-Jo, visst är det. Jag tror inte rktigt att jag begripit det än, det gick ju så fort. Om jag inte hörde fel, så lät det som att ett barn föddes i rummet bredvid nästan samtidigt, berättade Scotten.

-Jag tror du har rätt och det skulle inte förvåna mig om det är någon som gått i samma föräldragrupp. Det kan vara rätt bra tror jag att hålla kontakten med dem framöver med, för att kunna ge varandra en del tips och råd, svarade Lisa samtidigt som en vagn med killen i rullades in på rummet.

-Doktorn hälsar att allt ser bra ut! Han är precis femtio centimeter lång och väger exakt fyra kilo, berättade barnmorskan innan hon rusade vidare.

-Jag går och hämtar fikat nu, för det verkar som de glömt bort att vi skulle få det. Får jag inte kaffe snart så slutar antagligen min hjärna att fungera totalt, det känns så i alla fall, sade Scotten.

-Ja, gör du gärna det, men lyft över killen till mig först. Jag måste få hålla honom igen, sade Lisa.

-Okej, men ser du inte att han sover? frågade han.

-Det gör väl inget. Lyft honom bara försiktigt med en hand under hans huvud så sover han säkert vidare, sade hon.

Scotten försökte minnas från vilket håll de kommit innan de hamnade i förlossningsrummet. Tyvärr svek minnet, så det var bara att chansa. Efter några minuters letande fann han slutligen en expedition där det stod två brickor varav den ena antagligen var avsedd för Lisa och honom. Konstigt nog, såg Scotten inte till någon ur personalen, men tog sig ändå friheten att ta med en av brickorna som var lastade med något som liknande varsin mazarin och ett glas skumpa. Dessutom fanns där en liten flaggstång och en blombukett samt ett par små chokladbitar. Nästan fyra minuter senare hittade han äntligen rätt bland labyrinterna och stegade in till Lisa som somnat under tiden.

-Medan du vilar ut lite med Lars tar jag en vända till och försöker hitta den där kaffeautomaten jag såg när vi kom hit, mumlade Scotten, osäker på om Lisa hörde det. Den här gången gick det bättre, så efter bara en liten stund var han tillbaka med ett par heta muggar kaffe försedda med lock.

-Jaså, ni har redan fått fika, så bra då. Det saknades en bricka på expeditionen så jag undrade ett tag vart den tagit vägen, utbrast en sköterska när hon kom in till dem.

-Det är lugnt, vi har fika här och jag har hämtat ett par muggar kaffe. Både Lisa och Lars somnade visst, men de vaknar säkert om en stund, svarade Scotten generat.

-Ja, det går nog fint. Möjligtvis flyttar vi över er till en gemensam sal snart, för det är fler på gång hit för att föda, fortsatte hon.

-Det är nog inga problem. Kan man ringa här ifrån, eller är det telefonförbud? frågade Scotten.

-Helst ser vi att du skickar textmeddelanden istället, för det stör inte så mycket, förklarade sköterskan innan hon lämnade dem, utan att stänga dörren efter sig.

Smuttande på det varma kaffet och med en liten chokladbit i munnen, började det sjunka in att att han nu var pappa! Sekunderna efter att han tryckt iväg ett sms till sina föräldrar och syrran kom det gratulationer tillbaka. Plötsligt såg Scotten genom dörröppningen en profil som han kände igen väl vid det här laget! Det var samma jävel som nyligen misshandlat Ludvig och försökt skjuta ihjäl honom själv. I det längsta hade Scotten hoppats slippa se typen igen, men det var ju inte helt oväntat att han skulle dyka upp här i och med att de sett varandra på mötet för blivande föräldrar. Kalla kårar gick längs ryggraden på Scotten av åsynen.

- - - - -

Kapitel 13

När de satt sig i bilen igen för att åka från sjukhuset, tittade Leila ner på sina anteckningar. Med en djup suck kunde hon lätt konstatera att det var som hon befarat. Alvar Stigssons liv framledes skulle aldrig bli sig likt, varken psykiskt eller fysiskt. Att han verkat tämligen lugn vid samtalet, berodde med all säkerhet på alla lugnande tabletter som han tilldelats. Även smärtan var väl bedövad, vilket säkerligen behövdes. Förutom alla synliga blåmärken, så hade det vid röntgen framkommit att ryggraden blivit ohjälpligt skadad. Enligt läkaren de pratat med, var det inget som skulle bli bättre med tiden eller som gick att operera. Troligen skulle Alvar få ta sig fram med hjälp av rullstol ända fram till sin död och då hela tiden med kroppen fullproppad av piller för att lindra smärtan.

-Ja du, man har mycket att vara tacksam för här i livet, det inser man efter ett sådant här möte. När jag cyklade till jobbet imorse, förbannade jag mig själv för att jag glömt pumpa bakdäcket igår. Dessutom hade jag lovat mig själv att komma ihåg att stoppa på mig ett paket näsdukar innan jag trampade hemifrån. Detta för att näsan alltid rinner så att det ser ut som om någon skrivit elva med marsansås under snoken på mig när jag kommer fram. Men inte fan hade jag fått med mig några näsdukar. När man sedan kommer in till Alvar och hör honom berätta hur ett svin totalt förstört livet för honom, får man sig verkligen en tankeställare, sade hennes chef.

-Jag håller med dig, sådant här går inte obemärkt förbi. På så vis är det ett fruktansvärt yrke vi har, för det finns inga planer att man kan sluta tänka på det efter arbetsdagens slut, svarade Leila.

-Nej, men ibland kanske det kan vara bra, för på något vis så får man verkligen klart för sig hur lyckligt lottad man är, trots allt. Sedan att man ändå efter ett tag glömmer vad riktig olycka är och därmed klagar på skitsaker, det är väl bara mänskligt. Tyvärr får man vara med om tragiska livsöden så pass ofta, så tänker man efter lite, inser man nog att mycket fungerar som det ska i ens liv, fortsatte Jesper.

-Visst kan det vara så, men det kan lätt slå åt andra hållet. Det syns ju inte minst i att många av våra kollegor byter jobb efter några år för att de sett för mycket destruktivt beteende, sade hon.

-Ja, men jag tror att antingen passar man för det här jobbet och då i stort sett gifter man sig med det. Man känner en plikt i att ställa saker tillrätta och hjälpa till om det behövs. Känslan man får när man gjort något riktigt bra, typ räddat livet på någon, ger ju en oerhörd tillfredställelse. De som inte har den empatin, är helt krasst inte lämpade för yrket, förklarade han.

-Det är ett väldigt intressant ämne det här, så det skulle vi kunna diskutera i oändlighet. I många stycken tycker vi lika, men inte i allt, svarade Leila innan hon tryckte på grön lur för att det ringde.

-Jag ser på dig att det var viktigt, vad gällde det? undrade Jesper otåligt samtidigt som hon tryckte bort samtalet.

-Det var passpolisen på Skavsta flygplats. Nyligen har

de beslagtagit ett pass där. Personen på fotot verkar vara någon helt annan än den som innehade det. En av våra kollegor tyckte att han var väldigt lik Albert Jacobsson! svarade Leila upphestat.

-Tusan, då är han kanske inte så långt borta! Fick du veta om han är kvar där? frågade hennes chef.

-Tyvärr så sprang han tydligen därifrån direkt. Troligen försöker de väl ta upp förföljandet och gripa personen, antog hon.

-Vi sticker dit med en gång och har vi tur så får vi tag på honom, anbefallde Jesper.

-Det är bäst vi tar på oss skottsäkra västar först, jag tror inte Albert drar sig för att skjuta om han blir trängd, svarade hon.

-Givetvis bör vi göra det. Jag tvivlar inte en sekund på den saken, sade hennes chef samtidigt som han drog på sig västen.

-Tänk om vi kunde ta aset idag, det vore ju för jäkla skönt. Hur som helst känns det som våra odds ökat en hel del. Vi befarade ju att han kanske redan flytt ut ur landet, svarade Leila och tog fram bilnycklarna.

-Vi måste komma ihåg att det fortfarande är en ren chansning att det är just den personen som vi söker. Egentligen kan det väl vara i stort sett vem som helst som är snarlik vår gärningsman, berättade Jesper när de precis satt sig i bilen.

-Jo, men något skumt är det ju, för mannen flydde i alla fall från passpoliserna. Dessutom sker det i ett område där vi vet att han gärna vistas. Jag tror absolut att det är vår man, för det känner jag på mig, sade Leila med en allvarlig min.

-Ha! Är det någon slags kvinnlig intuition eller kanske ett sjätte sinne du är utrustad med, svarade han och skrattade.

-Jag vet inte, jag har bara en känsla av att jag har rätt den här gången. Vi får väl se så småningom, ifall vi får tag på den som smet, sade hon.

-Självklart hoppas jag också att det är Jacobsson som vistats där och att vi lyckas gripa honom. Inte minst för att spåren efter Linn svalnar alltmer och det är nog bara Albert som vet var hon befinner sig. Men återigen säger jag, att möjligheten att det var han och att vi dessutom lyckas fånga honom, den känns ganska liten. I normala fall om det gällt en vanlig förbrytare hade vi säkert haft större chanser att fixa det, men när det gäller den här typen så tvivlar jag på det, svarade han samtidigt som de med skrikande däck lämnade E4:an och svängde av mot flygplatsen.

-Vi får nog försöka se vilka vi möter här nu, för det är väl ganska troligt att Jacobsson är på väg därifrån, antog Leila och iakttog fordonen noga, som kom från Skavsta.

-Ja, antagligen är det på det viset. Återigen hade vi behövt vara fler i organisationen för att kunna lösa sådana här uppdrag. Helst skulle vi behövt spärra av vägen och undersöka alla bilar som åker från flygplatsen noggrant, muttrade hennes chef.

-Märkligt nog har jag inte sett någon misstänkt i bilarna vi mött, då kanske Albert trots allt är kvar här, sade Leila eftertänksamt när de parkerat utanför terminalen.

-Ja, vi kan alltid hoppas. Grejen är bara den, att aset lurat oss förr. En tanke som slog mig nu, är att han kanske flydde med hjälp av husbilen vi mötte nyss, spekulerade Jesper.

-Jag vet vilken du menar, men varför just den? undrade hon medan de skyndade sig in mot passpolisens kontor.

-Det var bara den och fyra andra fordon vi såg på vägen, och av dem menar jag att det troligaste flyktfordonet faktiskt var husbilen. Tyvärr drog jag mina slutsatser aningen för sent. I backspegeln såg jag nämligen att den var försedd med en stege upp på taket bredvid cykelstället där bak. Med andra ord tar jag det inte för omöjligt att Albert obemärkt klättrat upp där och åker snålskjuts härifrån just nu, fortsatte hennes chef.

-Det var synd att du inte kom på den tanken lite tidigare, för då kunde vi vänt och undersökt saken, påpekade Leila.

-Jag vet att det är så, men av någon anledning slog tanken mig först nu. Vid det här laget antar jag att så fort husbilen stannar vid en stoppskylt eller bilkö, så kliver han helt enkelt av och hittar något bekvämare fortskaffningsmedel. Det är fortfarande slutet på januari och att ligga på ett husbilstak när det börjar komma upp i runt hundra kilometer i timmen är nog ingen hit, sade Jeesper och suckade.

-Det är säkert som du säger, det är bara så snopet att han hela tiden ligger ett par steg före och att vi aldrig kommer ifatt, svarade hon samtidigt som de fick ögonkontakt med sina kollegor.

- - - - -

-Vi kommer att flytta över Lisa och gossen till en sal med fler nyblivna mammor snart. För att det inte ska bli för fullt där, föreslår jag att du kommer hit när det är dags för dem att åka hem, sade en sköterska.

125

-Okej, men hur länge tror du att det dröjer? frågade Scotten yrvaket där han satt och halvsov i den obekväma fåtöljen.

-Läkaren har inte lämnat besked om det ännu, så jag vill egentligen inte uttala mig om det, svarade hon.

-Men om vi säger så här då, verkar allt bra så borde jag väl få åka hem under morgondagen, sade Lisa undrande och tittade på sköterskan.

-Ja, förmodligen är det så, men som sagt så ligger inte det beslutet hos mig, svarade hon.

-Det är lugnt, jag förstår situationen, att det blir alldeles för trång och stimmigt om alla ska vara i ett rum. Dessutom får jag jäkligt ont i ryggen av att sitta i den här stolen, svarade Scotten och reste sig.

-Du kan väl ringa min chef och säga att jag blir hemma ett tag, sade Lisa och log.

-Självklart, jag ska kontakta min med, för nu tar jag ut ett par veckor av min pappaledighet, svarade han och kysste Lisa och killen.

-Jag hör av mig så fort de säger att du får hämta mig, sade Lisa.

Scotten nickade tillbaka och kände själv hur han fylldes av lycka. För att inte fälla glädjetårar, började han gå mot korridoren. Scotten sade inget, mest för att han inte visste om hans röst skulle bära. Synen av sin älskade flickvän tillsammans med deras lille son var helt fantastisk!

Efter att han återigen lyckats gå åt fel håll, kom han ut till parkeringen.

När han satte sig i bilen för att åka hem, kom det ett textmeddelande från Ludvig. Han skrev att han så fort som möjligt skulle bege sig till TV-firman, för det var viktigt. Helst hade Scotten begett sig direkt hem för att inta sängen några timmar, men eftersom hans vän bett honom komma, fann han det lämpligare att åka direkt till Ludvig istället.

Efter bara några meter, var han tvungen att stanna för att få vindrutan ren. I dörrfacket fick han fram en isskrapa och gick ut för att fixa till den. Under tiden bilen stått still, hade det frusit till på rutan. Nästan genast kände han hur hans fingrar signalerade smärta för att han någonstans förlagt sina handskar. Som tusentals nålstick kändes det, samtidigt som han kom på att han troligen glömt handskarna hemma. Väl inne i bilen igen, upptäckte Scotten att sikten bara var marginellt bättre, för det var faktiskt is på insidan också. Med defrostern på max, fick han återigen utsätta sina kylslagna fingrar för den omilda behandlingen som det innebar, just att skrapa is utan handskar. Med blicken sökte han igenom bilen efter något att hålla i, typ en halsduk eller tygstycke, tyvärr utan framgång. Med en hand i taget inklämd under ett lår som hjälpligt tillsammans med sätesvärmen tinade upp fingrarna, började han köra mot Ludvigs företag.

När han kom fram, lovade han sig själv att fortsättningsvis alltid ha ett par extra vantar eller handskar liggande i bilen.

Plötsligt fastnade blicken vid en liten knapp framför honom och Scotten slogs av tanken på om han glömt sin hjärna på sjukhuset. Hur fasen var det möjligt att inte komma ihåg att hans V 60 var utrustad med rattvärme? Här hade han alltså suttit och nästan förfrusit sina fingrar, helt i onödan. En sak stod dock helt klar och det var att han förmodlingen aldrig mer skulle glömma den knappen. Småsvärande stängde Scotten av motorn och tittade efter Ludvig, men med tanke på väderleken var det väl fullt naturligt att han väntade inne. Att Ludvig var kvar på firman tog han för givet, för hans jobbarbil stod parkerad bara några meter från dörren.

Typiskt Ludvig att ställa sig så nära bara för att slippa lite motion, tänkte Scotten och log för sig själv när han tog tag i dörrhandtaget.

Precis när Scotten kommit in kände han ett kallt föremål bestämt pressas mot sin nacke. Att det var en pistol rådde ingen tvekan om, för det kändes inte spetsigt som en kniv. Enda alternativet verkade vara att försiktigt lyfta sina händer upp mot taket och stå blick stilla. En snabb rörelse nu, vore förenat med döden, det var självklart. Utan förvarning tilldelades han en svart luva, vilken otvivelaktigt var meningen att han skulle dra över sitt huvud.

Scotten ville gärna fråga var Ludvig befann sig, men kom sig inte för detta. Möjligheten fanns trots allt att det var ett rån och att då börja fråga efter om den rätte ägaren var i närheten eller ej, kunde lätt göra angriparen nervös.

När luvan kommit på, kände Scotten ett bestämt grepp om sin högra handled. Därmed antog han att den som överfallit honom var vänsterhänt, för Scotten trodde de flesta ville hålla i ett vapen med den hand de brukade använda mest. Sikten var nu nere på noll på grund av luvan, men det behövdes ingen raketforskning för att inse att han vänts ett halvt varv och nu var på väg ut från byggnaden. Farhågorna om att han aldrig någonsin mer skulle få träffa Lisa och sin nyfödde kille fick Scotten att börja gråta hejdlöst. Efter några steg släpptes taget om honom och han hörde att bakdörren öppnades på Ludvigs jobbarbil. Med ett lite hårdare tryck av pistolsmynningen förstod Scotten att det var meningen att han själv skulle ta sig in i fordonet.

Var det någon gång som det möjligen var läge att göra ett försök att komma loss, så var det förmodligen nu. Scotten försökte ansamla sina krafter och mobilisera sitt adrenalin maximalt, men det var som om kroppen svek honom. Kanske det berodde på att fingrarna fortfarande var helt förstörda och att det bara stack obehagligt i dem. En annan sak som säkert påverkade, var att sömnen varit otillräcklig den senaste veckan och nu sade kroppen till att det fick vara nog, hur olämpligt tillfället än var.

-Håll tyst nu, annars riskerar ni livet, viskade personen innan han stängde skåpdörren och låste.

Plötsligt passerade hela Scottens liv revy, för nu kände han att slutet var nära. Påkallade han hjälp genom att skrika skulle antagligen dörren öppnas igen och en kula göra slut på livet för evigt.

-Är det du Scotten som tvingats in här med? frågade en bekant röst.

-Ja, för tusan! Jag trodde aldrig att jag skulle få träffa dig mer. Hur kommer vi ut ur den här plåtlådan? frågade Scotten.

-Jag är tämligen säker på att det inte går, för det är förstärkt stöldskydd i den här bilen. Tyvärr tror jag att våra timmar är räknade, svarade Ludvig och suckade tungt.

- Jag har en olustig känsla av det med. Det enda som förbryllar mig är att inte fordonet börjat rulla härifrån, för han har väl tillgång till nycklarna? undrade Scotten.

-Dem har han, de var det första han avkrävde. Ville du något särskilt, eller varför kom du hit? frågade Ludvig.

-Jag fick ett textmeddelande från din telefon att jag skulle komma till ditt jobb för att du ville något viktigt. Min första tanke var att det var dags att eliminera rolexgänget en gång för alla nu, så jag skyndade mig hit, förklarade Scotten.

-Fasen, han måste snott min mobiltelefon och skickat iväg ett sms till dig då. Var har du din? frågade Ludvig.

-Min mobiltelefon ligger kvar i min Volvo, plus att jag lade nycklarna under solskyddet! Vad tror du försäkringsbolaget säger om det? sade Scotten undrande och garvade lite mitt i bedrövelsen.

-Fattas bara att bilen är fulltankad också, så kommer du säkert omnämnas i deras informationstexter om hur man ska göra för att slippa få någon ersättning, svarade Ludvig och började skratta han med.

-Faktum är att jag fyllde på häromdagen för över niohundra spänn, berättade Scotten och drog upp luvan.

-Tyst, jag hör röster utanför, viskade Ludvig och lade sitt ena öra mot väggen.

-Är det läge för att skrika att vi befinner oss här, tror du? frågade Scotten.

-Jag vet inte riktigt än, men om jag inte tar miste totalt så tillhör en av rösterna personen som såg till att vi hamnade här. Förmodligen är det väl hans medhjälpare som dykt upp och då gör vi nog bäst i att hålla käften, svarade Ludvig.

-Men vad har vi att förlora egentligen? Jag menar, om vi blir skjutna här eller i skogen om en timme spelar väl ingen roll. Fördelen med att få det gjort nu, är väl att de löper större risk med att bli ertappade för morden, spekulerade Scotten.

-Det ligger något i det du säger, men vi avvaktar några minuter. Nu hör jag att de går in på firman, förklarade Ludvig.

-Vet du var Ebba befinner sig nu, är det inte troligt att de drar in henne i sin hämndaktion också? undrade Scotten oroligt.

-Hon stack till era föräldrar en sväng samtidigt som jag åkte hit för att jobba några timmar, trots att det är lördag, berättade Ludvig.

-Det var ju alltid något positivt. Förhoppningsvis nöjer de sig väl med att bara likvidera oss då, om de inte hittar våra anhöriga där vi bor, sade Scotten med uppgiven röst.

- - - - -

Kapitel 14

Ebba kände sig kluven för tillfället. Det som var toppen, var att hennes tvillingbror just blivit pappa till en liten son! Det borde vägt upp alla saker som var oklara just nu, men så var det inte. Dels hade hon förväntat sig att Lisa skulle höra av sig själv, för det hade hon lovat att göra. Visserligen rådde det förbud att ringa från avdelningen, men efter vad Ebba förstått så var det helt okej att skicka textmeddelande och samtidigt då skicka med bilder på killen! Det enda som kunde försvara Lisas beteende, var egentligen att hon var fullständigt slut efter förlossningen. Visst hade Ebba hört att så ofta var fallet, men hon ville ändå inte köpa den förklaringen fullt ut. Några bilder var absolut inte för mycket begärt. Ytterligare en grej som gnagde, var att Scotten själv verkade ha gått upp i rök. Av vänner som Ebba hade, visste hon att de nyblivna papporna bara fick vara kvar en kort stund efter förlossningen, sedan var de välkomna först när det var dags för mamman och barnet att åka hem. Med rätt stor säkerhet anade hon att Scotten stängt av ljudet på sin telefon och nu låg och sov hemma i sin säng. Ebba hade försökt ringa Scotten ett flertal gånger under förmiddagen, dock utan framgång.

-Vi ska byta matgrupp nu till våren, tror du att ni vill ha den förra till att börja med, när ni flyttar till huset i Oxelösund? frågade hennes mamma Maria.

-Ja, det vore väl helt okej. Vi har räknat en del och det kommer finnas massor att lägga pengar på, och det lilla bordet som Ludvig har, är knappt något vi ens kan dra med oss. Jag har alltid gillat den där vita matgruppen och den skulle lätt passa in, oavsett vad vi sätter upp för tapeter i det rummet. Men ska ni inte ha något betalt för den? undrade Ebba som för stunden lyckades skjuta undan tankarna på Lisa och Scotten.

-Det kommer inte på fråga att ni ska betala för den, vi har så vi klarar oss ändå. Om vi istället skulle försöka sälja den på nätet, kanske det ger en tusenlapp, samtidigt som ni behöver en matgtrupp och då köper en liknande för minst tio gånger mer i någon butik. Det skulle inte kännas bra för oss att ni måste slösa pengar på det. Förmodligen har ni som sagt en massa andra saker att spendera pengar på i framtiden, fortsatte Maria samtidigt som det ringde på dörren.

-Väntar ni besök, eller är det bara någon som vill sälja en dammsugare? undrade Ebba och gick fram till en spegel för att se om allt såg okej ut.

-Din pappa Henriks bror, Joakim Scott, åkte direkt från Stockholm när vi ringde dem och sade att en kille kommit till världen. Även hans fru Louise och deras son Jonathan hängde på, förklarade hennes mamma och gick för att öppna.

-Förbannat, jag som ser ut som en limpa i huvudet! Du får uppehålla dem ett tag så kommer jag snart, sade Ebba och rusade in i badrummet för att fixa till kalufsen.

-Välkomna! Ni var snabba att komma hit. Vi trodde nog att den nyblivna pappan skulle dyka upp med, men än lyser han med sin frånvaro, berättade Maria.

-Han är förmodligen helt slut efter förlossningen, så han behöver säkert vila. Var är brorsan då, är han ute och

133

springer eller? frågade Joakim Scott.

-Nej, han är nere i snickarverkstaden och tillverkar en vagga. Jag förklarade för honom att det finns en massa nya fina att köpa, men han skulle prompt tillverka en själv, berättade hon.

-Jo, men det kan jag förstå att han vill. Det tror jag säkert att Lisa och Oskar gillar med, svarade Joakim medan han hjälpte Jonathan av med sin overall.

-Men vad ser jag Louise, väntar ni tillökning? utbrast Maria och tittade på hennes mage.

-Visst kan man få en sådan här buk av att dricka en massa öl varje dag, men det har jag inte gjort. Så visst har du rätt, jag är i sjätte månaden, svarade Louise och skrattade.

-Då får man gratulera, vet ni om det är en pojke eller flicka? frågade Ebba som precis kom ut från badrummet med genomblött hår.

-Tack så mycket. Än har vi inte fått veta vad det är, och vi är inte riktigt överens om vi vill veta det före födseln heller för den delen, svarade Joakim medan han tittade förvånat på Ebba som såg nyduschad ut.

-Jag vill faktiskt gå ner och titta på hur det går för Henrik med vaggan, jag gillar själv att snickra en del. Om vi köper hus någon gång, så ska det banne mig finnas plats där för min hobby, sade Louise och gick mot källartrappan.

-Gör gärna det, så kan Jonathan hjälpa mig att ordna fram fika. Ebba, vet du om Ludvig kommer hit från sitt jobb med snart? frågade Maria.

-Jag kan ringa och fråga, men det tror jag gärna att han gör. När det gäller bullfika vill han säkert inte missa det, svarade Ebba och tog fram sin mobiltelefon. Frustrerad över att varken Ludvig, Scotten eller ens Lisa svarade, lade hon sin telefon i sin jacka och gick mot köket för att hjälpa till. Det var ingen där, för hennes mamma och Jonathan var i badrummet. Ebba försökte återigen samla sina tankar och reda ut varför hon egentligen inte fick någon ro i skallen. Ganska snart kom hon fram till att det kunde bero på att det nu kändes som att alla i hennes umgängeskrets skaffade barn. På ett sätt var Ebba lite avundsjuk på dem, men hon visste att just nu var det inte läge. Visst skulle det dröja åtminstone nio månader, men det tyckte hon ändå var alldeles för nära flytten till huset. På samma gång var det först nu hon på allvar kände längtan efter egna barn. En stor fördel med det var också att hon då kunde vara föräldraledig med Lisa som hon gärna delade mycket tid med. Från att ha varit grymt rastlös och orolig, kom hon plötsligt på sig med att le och börja småskratta för sig själv. När hon träffade Ludvig härnäst, tänkte hon ta upp frågan om de skulle försöka bli föräldrar.

- - - - -

-Har ni inte heller lyckats gripa honom? frågade en passpolis.

-Nej, det var bara Leila och jag som kunde sticka på det här larmet. För det mesta är det ju ganska lite som händer på lördagsförmiddagar, det vore skillnad om det skett framåt kvällen för då är vi fler i personalstyrkan, svarade Jesper och pustade ut efter språngmarschen.

-Jäkla typiskt, min kollega sprang efter men tappade visst spåret ganska snart, förklarade passpolisen.

-Har du kvar passet så vi kan titta på det? frågade Leila.

135

-Javisst, det är här. Det som förbryllar mig är att det ser helt äkta ut, men jag kan försäkra att det inte var den personen som lämnade fram det, svarade han och räckte över passet.

-Jag tror du har rätt, enligt mig är det ingen förfalskning vad jag kan bedöma. Hade jag varit osäker är det nog till er jag vänt mig i första hand med för den delen, för jag kan tänka mig att ni har sett det mesta. Det betyder väl då att passet är stulet eller kanske en dubblett, spekulerade Jesper.

-Så kan det vara, vi får kolla upp om ägaren beställt ett nytt för att det gamla försvunnit på något sätt. Enda möjliga utvägen annars som jag ser det, är att falska pass kan tillverkas utan att vi kan se det på dem. I så fall är det ju riktigt illa, förklarade han.

-Om det verkligen är som du befarar, kommer det väl inte som en sensation egentligen. Med all ny teknik som finns tillgänglig nu för tiden var det bara en tidsfråga när det skulle ske. Jag kan tänka mig att polisens motdrag då får bli antingen ansiktsigenkänning eller fingeravtrycksavläsning, förklarade Jesper.

-För att komma vidare just nu, kan du väl titta på den här bilden, sade Leila och visade fotot på Albert Jacobsson för passpolisen.

-Jo, visst var det han som var här, fick Leila till svar.

-Är det något som skiljer, eller kan vi gå ut med den här bilden i en ny efterlysning? fortsatte hon.

-I stort sett kan ni nog göra det. Jag såg att han hade pilotglasögon på sig med kromfärgade bågar. Möjligt att det var sådana som blir mörkare i solljus, annars reagerade jag inte på något särskilt. När min kollega kommer tillbaka kan vi säkert leta upp Albert på någon film, för det sitter trots allt över sextio övervakningskameror här på Skavsta.

-Perfekt, med lite fördjupningsarbete av våra tekniker går det därmed säkert att få fram hur Jacobsson flydde härifrån med, tillade Jesper.

-Visst, plus att det lär framkomma om han fick hjälp av någon med att smita, spekulerade hon.

-Leila och jag åker tillbaka till stationen nu, så kan ni skicka över användbart material till kriminaltekniker Lisbeth, föreslog Jesper för passpolisen.

-Självklart, det ordnar vi, fick Jesper till svar.

Jaha, det var ju skit att vi inte kunde gripa Albert, muttrade Leila när de satt sig i bilen.

-Ja, det var verkligen typiskt. Ska man hitta något positivt, är det väl att han än så länge är kvar i närheten i alla fall, sade hennes chef.

-Visst och dessutom tror jag knappast att han chansar på att ta flyget ut från landet i alla fall. Uppfattade du vart han tänkt sig att resa? undrade Leila.

-Ja, han hade bokat en biljett till London. Det betyder förstås inte att han ville stanna där, utan det kan mycket väl bara varit ett delmål, berättade Jesper och började köra mot Nyköping.

-Sådär, då har jag lagt ut en ny efterlysning på Albert Jacobsson och lagt till att gärningsmannen med stor sannolikhet sågs senast på Skavsta för mindre än en timme sedan, sade Leila och vek ihop sin laptop.

-Bra, då får vi se vad det kan ge. Skulle det mot all förmodan visa sig att det inte var han som försökte flyga iväg, är det ingen större skada skedd. Det här får bara vår personal att ställa sig ännu mer på tå för att fånga aset, mumlade Jesper.

- - - - -

-Hörde du? Det var någon som hoppade in i bilen därfram och stängde dörren, viskade Ludvig upphetsat.
-Ja, nu när du säger det så hörde jag nog något långt borta, sluddrade Scotten yrvaket.
-Jag undrar vad som kommer att hända härnäst, vad tror du? frågade Ludvig.
-Tja, det finns väl bara några alternativ att välja på. Antingen kör de ut oss i skogen och tänder eld på bilen vilket betyder att vi blir kokta och rökförgiftade härinne. Annars rullar de ut oss i en hamnbassäng så att vi drunknar. Det kan också bli så att de släpar ut oss någonstans och skjuter oss. Hur som helst lutar det helt klart åt att vi är döda innan lunch, sade Scotten och andades tungt.
-Nu låter det som att vi redan stannar och att han lämnar fordonet. Jag undrar om det är läge att försöka ropa på hjälp? sade Ludvig.
-Jag tror vi måste vara mer säkra på att någon verkligen finns i närheten som kan hjälpa oss, innan vi skriker. Risken är annars att det har motsatt verkan, sade Scotten.
-Konstigt, nu kom han tillbaka igen och börjar köra. Vad är det som händer? fortsatte Ludvig.
-Inte den blekaste, men det blir nog skit av allt till slut ändå, svarade Scotten uppgivet.
-Fasen, är det bara jag som tycker att det luktar kebabpizza? utbrast Ludvig och vädrade med snoken.
-Hur fan du kan tänka på mat nu när vi ska dö inom kort,

det begriper jag inte, sade Scotten surt.

-Känner du inte vad det luktar, så har ju kranen på dig redan dött, muttrade Ludvig.

-För en gångs skull får jag ge dig rätt, det luktar faktiskt pizza! Det skulle inte förvåna mig om typen sitter där fram och smäller i sig allt själv, sade Scotten.

-Så är det nog, vilken jävla tortyr! Vi skulle vrålat på hjälp när han stannade som jag föreslog, det kunde räddat livet på oss, sade Ludvig.

-Det är alltid lätt att vara efterklok när man har facit i sin hand. Du får erkänna att det trots allt kunde lett till att vi likviderats ännu tidigare, sade Scotten.

-Det verkar som han stannar här och kommer ut, nu kanske vi får vår sista chans att klara oss, viskade Ludvig.

-Rätt tänkt, så fort bakdörren öppnas gör vi allt för att slå oss ut. Skit samma om vi har vapen riktade mot oss, svarade Scotten och spände varenda muskel.

- - - - -

-Det kommer bli en riktigt fin vagga, den kan du vara stolt över, sade Louise när de var på väg upp för källartrappan.

-Tack, men det är inte så svårt att göra en, bara man har bra verktyg, svarade Henrik.

-Jag förstod att ni eventuellt skulle åka och rasta blodhunden sedan, då vill jag följa med, sade Joakim.

-Det är klart att du måste göra det! Henrik lär absolut komma ihåg dig, för du var ju hans husse ett tag, svarade Maria.

-Ja, visserligen kanske vi väcker Scotten om vi bumlar in hos honom, men han får skylla sig själv när han inte kom hit och fikade, svarade Joakim och garvade.

-Jag undrar vad brorsan och Ludvig håller på med egentligen, ingen av dem svarar på sina mobiltelefoner. Visst brukar de ha en del grejer för sig tillsammans, men nu när Scotten blivit pappa borde han väl skjuta allt annat åt sidan, sade Ebba medan hon skämdes lite för deras beteende.

-Jag tror de kommer så fort vi satt oss för att fika, sade Ebbas pappa och skrattade lite osäkert.

- - - - -

Kapitel 15

-Vilken jävla smäll! Vad var det? utbrast Jesper förskräckt och tittade på Leila.

-Jag är osäker, men det lät som en rejäl detonation! Vilken sekund som helst får vi nog ett larm om var det är någonstans, svarade hon.

-Vi får förbereda oss så mycket som möjligt, det är bara att dra på sig skyddsutrustning och göra oss färdiga att dra, sade hennes chef.

-Tror du vi måste meddela räddningstjänsten och sjukhuset med, eller uppfattade de samma sak som vi? frågade hon.

-Den där sprängningen kan knappast undgått någon, så det är nog överflödigt. Det är möjligt att vi ser rök om vi tittar ut, särskilt om vi gör det från någon höjd, spekulerade han.

-Det har du rätt i, så egentligen borde vi väl ta hissen upp till översta våningen och sedan trappan upp till taket för att se var det var någonstans, svarade Leila samtidigt som det ringde på hennes telefon.

-Vart ska vi åka någonstans? undrade Jesper och tog fram bilnycklarna.

-Vi ska till Ludvigs TV-firma! Tusan om det har hänt något med min bror! ropade hon hysteriskt.

-Det är ju lördag eftermiddag, så han borde väl vara hemma nu istället för på jobbet. Men det kan mycket väl vara en markering av något slag, svarade han och började köra.

-Jag vet att Ludvig haft massor att göra på sistone, så

han kanske jobbar extra på helgerna med. En sådan kraftig sprängning måste väl blåst bort flera byggnader, sade Leila och började gråta.

-Visserligen kändes tryckvågen ända till polishuset, men som sagt så tvivlar jag på att han var på TV-firman. Jag förstår att du är orolig för att det gått illa med din brorsa. Vill du stanna på stationen så tar jag med någon annan medarbetare? undrade Jesper.

-Jag ska med, det är inget snack om saken! Får vi tag på de skyldiga och det visar sig att Ludvig är skadad, så kommer jag att ge dem specialbehandling, svarade Leila bestämt.

-Det är just det som gör mig orolig. Hur som helst så ser du att ambulanser och brandbilar också är på väg, så det är ingen som missat vad som är på gång, tillade hennes chef.

-Tusan, det var som jag befarade! Hela lokalen är jämnad med marken! Hur ska vi kunna utreda något i den här röran? frågade hon.

- Du vet att det går till slut. Lisbeth brukar fixa även det som ser hopplöst ut. Det som slår mig direkt när jag tittar, det är den där mörkblå bilen som ligger på taket där. Har någon befunnit sig i den när det small kan man ju undra hur det gått med dem, sade Jesper medan han parkerade.

-Bilen är kraftigt demolerad, ändå tycker jag mig känna igen den. Kommer du på var vi sett den tidigare? undrade hon.

-Det som slår mig när du säger så, är att det kanske är samma fordon som parkerade på fel sida bredvid vägen häromdagen. Jag tror det är samma märke och modell, men det utesluter ju inte att det är en annan bil, berättade hennes chef.

-Jag har försökt ringa Ludvig under tiden vi åkt hit, men ingen svarar. Senaste gps-stationeringen visar att han befann sig just här, sade Leila medan tårarna rann.

- - - - -

-Ni måste väl vara utsvultna vid det här laget, så jag köpte varsin kebabpizza till er, sade en man och öppnade bakdörren på skåpbilen.

-Ja, det är klart, svarade Scotten osäkert som kommit av sig helt av en grymt kraftig smäll i närheten.

-Du har en del att förklara för oss. Först övermannas vi och låses in i min jobbarbil, sedan kör du en bit och därefter bjuds man på pizza, fortsatte Ludvig och gick ut.

-Det var helt enkelt en gentjänst från min sida.

För några dagar sedan blev min gravida flickvän påkörd av en bil som smet från platsen. Hade inte Scotten dykt upp och gjort första hjälpen samt sett till att ambulans tillkallades, skulle hon och vår baby inte funnits idag, berättade mannen och tog fram ett par burkar dricka med.

-Det satt väldigt gott med käk nu. Om jag inte tar helt fel, så var du en bland dem som snodde min klocka för ett tag sedan, sade Ludvig.

-Tyvärr har våra vägar korsats ibland, så det stämmer. Jag förmodar att det var ni som sprängde vår vita Audi och min brors ena arm blev amputerad. Jag heter Josef förresten, berättade han och nickade.

-Jaha, det var ju schysst att du bjöd på en pizza för att du har din familj kvar, men den där jädra smällen, har den något med oss att göra med? undrade Scotten

143

mellan ett par tuggor.

-Mitt gäng bestämde, trots mina invändningar att det var en rejäl vedergällning som var aktuell. Vi blev riktigt osams, för jag gick inte med på att likvidera er efter att min flickvän mirakulöst blivit räddad av Scotten. Jag stack lite före och lyckades få er till samma plats och låsa in er i din jobbarbil innan de kom. Väl på plats påstod jag att ni var inlåsta i ett rum på din TV-firma. Tydligen exploderade det tidigare, plus att det verkar ha varit en alldeles för stark laddning, fortsatte Josef.

-Faktum är att jag förvarade en rejäl bomb på företaget och den måste utlösts i samband med er laddning. Hur gick det för din bror och de andra i gänget? frågade Ludvig.

-Jag vet inte alls om de blev skadade. Just nu är det betydelselöst. Jag hade ändå inte velat ha någon kontakt med dem i fortsättningen, inte som det känns nu i alla fall. Det är möjligt att vi kan försonas, men det är osäkert, sade Josef.

-Oavsett hur det gått med dem, kanske vi kan gräva ner stridsyxan nu. Personligen känner jag att det inte är läge för mer bråk särskilt inte när vi är nyblivna pappor båda två, sade Scotten och sträckte fram sin hand.

-Exakt vad jag tycker med. Det här får bli en omställning i livet på riktigt. Först nu inser jag att det finns andra värden i livet än pengar, svarade Josef och svarade med ett rejält handslag.

-Då gör vi så. Förresten, blev det en pojke eller flicka frågade Scotten.

-En flicka och hon ska heta Esmeralda. Vad fick ni? frågade Josef.

-Det blev en kille! Jag vill att han ska heta Lars, men det går nog inte Lisa med på, svarade Scotten och skrattade.

- - - - -

-Nu bli jag ännu oroligare, är det krig eller vad är det som händer? sade Ebba och satte på radion.

-Det kanske var någon gasolycka, jag tyckte det lät så, svarade Henrik och tittade ut genom fönstret.

-Bara inte Scotten och Ludvig är inblandade i något, sade Maria tyst.

-Jag tycker vi sticker hem till blodhunden och katten, det är möjligt de är där. Det sämsta man kan göra i sådana här lägen är att bara sitta och vänta, föreslog Joakim.

-Det brukar du säga och det låter som en bra idè den här gången också, fyllde Louise i samtidigt som hon bar ut de urdruckna kaffemuggarna till köket.

-I så fall föreslår jag att vi går istället för att åka bil. Det kanske är lite kyligt, men det är nog bara uppfriskande, svarade Maria och tog fram sin kappa.

-Vi gör så, för det låter logiskt. En tanke som jag fick nu, vet vi när Lisa får åka hem med grabben? undrade Henrik medan han tog fram reservnyckeln till deras lägenhet.

-Nej, inte exakt. Jag tror inte att det blir förrän tidigast imorgon, men man vet aldrig. Ser allt bra ut samtidigt som det kanske fyller på med en massa förlossningar blir det väl tidigare, spekulerade Maria.

-Ebba, kan du skriva till Lisa och höra om hon fått veta något om det? Passa också på att fråga var Scotten håller hus, fortsatte Henrik.

-Visst kan jag göra det, för fjortonde gången om du tror

att det ger något, muttrade Ebba som var på ett uruselt humör.

-Ha, det var ju det jag sade, att hon skulle svara direkt, fortsatte Henrik överlägset när det sekunderna senare kom ett textmeddelande på Ebbas mobiltelefon.

-Lisa får åka hem inom en timme om hon vill. Avdelningen var fullbelagd så läkaren skickar hem de som är bosatta i närheten. Hon skriver att hon sökt Scotten den senaste halvtimmen men att han inte svarar, tillade Ebba.

-Då föreslår jag att Henrik och jag tar bilen istället och hämtar henne, för jag längtar så otroligt mycket efter att få se mitt barnbarn. Jag tycker förresten att han ska heta Roland, för det heter min körledare och det är ett vackert namn, påstod Maria.

-Visst kan vi hämta tösen och sedan mötas hemma i deras lägenhet. Jag hoppas verkligen inte att han ska heta Roland, för det låter ju för jävligt. Det är ju bäddat för att bli ett mobboffer om man heter så, berättade Henrik bestämt och tog fram nycklarna till deras BMW.

-Oavsett vad killen får för namn, så kör vi på förslaget att Henrik och Maria tar bilen och åker till sjukhuset medan vi andra går till deras bostad. Jag kan ta deras lägenhetsnyckel, sade Joakim, mest för att styra bort diskussionen från pojkens blivande namn.

- - - - -

-Jag anser att vi först ska kika närmare på den där bilen som ligger på taket, för om det fanns någon i byggnaden så behöver vi hjälp att kontrollera det, sade Jesper.

-Det låter klokt. Jag kontaktar kriminaltekniker Lisbeth direkt och ber henne komma hit omgående. Av erfarenhet vet vi ju att hon ogillar om vi varit och rört något innan hon fått se det, svarade Leila.

-Du behöver inte ringa henne för jag ser henne därborta. Det ser ut som att hon också tycker bilen är intressantast, för hon är på väg hit, svarade hennes chef.

-Det var den värsta detonationen jag någonsin varit med om! Det här blir riktigt intressant att fördjupa sig i, utbrast Lisbeth när hon fortfarande hade en bit kvar till dem.

-Det var ju också ett uttalande! Inser hon inte att det förmodligen ligger döda människor här? Eftersom det är Ludvigs arbetsplats så kan han mycket väl vara en bland offren här i så fall, mumlade Leila med gråten i halsen.

-Jag kan ana hur du känner när Lisbeth uttrycker sig på det viset, men jag är säker på att hon inte menar något illa med det. Du vet hur det är med läkare, de pratar ibland på samma sätt. De blir väl avtrubbade och miljöskadade av att hålla på en massa med människor och glömmer kanske bort att alla är speciella individer, svarade hennes chef.

-Hur som helst anser jag att det var jäkligt klumpigt sagt, men jag säger inget till henne den här gången, sade Leila.

-Det här liknar sprängningar jag såg i mellanöstern när jag var där som observatör åt FN. Fordonet har vräkts upp i luften, trots avståndet till den kraftiga laddningen som jämnat byggnaden med marken. Även om bilen inte landat på taket, så har de som satt i definitivt dött omedelbart, fortsatte kriminalteknikern.

-Kan du redan nu fastställa om det fanns någon eller

några i fordonet? frågade Jesper.

-Hittills har jag sett kroppsdelar från sammanlagt tre eller möjligen fyra personer. Vi får göra som så att vi lyfter in hela skrothögen till mitt laboratorium, för det här tar tid att fastställa. Jag hinner inte kontrollera både bilen och detonationsplatsen, utan får tillkalla förstärkning från Linköping, berättade Lisbeth.

-Jag förstår att du i nuläget inte kan säga säkert vad för sprängmedel som detonerat, men har du någon idè om vad det kan röra sig om? Det skulle underlätta för oss om vi visste, för möjligheten finns ju att det använts tidigare av någon som är bekant för oss, undrade Leila.

-Som jag antydde när jag kom, så var det en osedvanligt kraftig bomb. De som apterat den måste vara amatörer eller otursförföljda. Det finns liksom ingen anledning att fläska på så förbannant, så hela kvarter jämnas med jordens yta. Är det på köpet de skyldiga vi har här i bilen, så har de ju haft för kort stubin. Ska jag våga mig på en grov gissning, så är det att det kanske är något hopkok av flera sprängmedel, men det är ett uttalande jag kanske tar tillbaka senare, berättade Lisbeth.

-Jaha, men bara det att du tror att det kan röra sig om oerfarna typer som spränger för första gången, är en viktig ledtråd för oss. Då kan vi gallra bort proffsen, svarade Jesper.

-Kanske, men om du lyssnade på vad jag sade, så påpekade jag att de också kan ha haft en jäkla otur. Typ en dålig dag på jobbet, fortsatte hon.

-Okej, det är antecknat. Vi spärrar av området nu. När tror du att fordonet kan forslas bort? frågade Leila.

-Bilen transporteras härifrån inom en timme, jag måste

bara fastställa att absolut ingen visar några livstecken, men det vore i så fall ett mirakel. Har ni kontrollerat så att det inte fanns fler personer i närområdet? frågade Lisbeth.

-Vi kollar det när vi spärrar av, men det verkar högst osannolikt. Tur att det small en lördagsförmiddag när halva stan är bakfulla och ligger och sover, annars kunde det dragit med sig hur mycket som helst, svarade Jesper.

- - - - -

-Jag måste säga att det här utvecklade sig helt annorlunda, mot vad jag trodde att det skulle göra från början. Så sent som för några timmar sedan, hade både du och jag gjort allt för att ta livet av rolexligan, utbrast Scotten förvånat.

-Jag kan inte annat än hålla med. Först i efterhand visar det väl sig om vi verkligen kan lita på Josef, men han verkade äkta, svarade Ludvig när de släppt av den nyblivna pappan i centrum.

-Mina tankar gick också åt det hållet att det kanske var en skenmanöver på något sätt, men det rimmar inte. I så fall hade han ju knappast räddat livet på oss och dessutom bjudit på pizza. Tar du vägen förbi TV-firman så vi kan se om han talade sanning? Man vet ju aldrig om de sprängt någon annanstans, undrade Scotten.

-Jag är på väg dit, sedan behöver jag kontakta Ebba för hon väntar mig nog till dina föräldrar, sade Ludvig.

-Visst ja, det hade jag alldeles glömt bort! Jag borde väl pallrat mig dit med eller åtminstone hört av mig, berättade Scotten.

-Jag är fortfarande inte helt lugn för vad rolexligan

149

planerar för oss när de får reda på att vi fått hjälp av Josef och är i livet. Bara för att en av dem kommit över på vår sida så är det ju definitivt inte lugnt, förklarade Ludvig när de närmade sig hans arbetsplats.

-Det är precis som du säger, jag håller med. Om de är på krigsstigen lär vi få det hett om öronen. En tanke jag fick vore att försöka skaffa ny identitet och flytta härifrån. Jag undrar om det någonsin blir lugn och ro för oss annars, muttrade Scotten.

-Vi får grunna på det senare. Det råder i vart fall ingen tvekan om att det var här det exploderade förut, hela min byggnad är ju borta! Därmed är faktiskt min specialbyggda bomb också väck, så behöver vi spränga ligan får jag bygga en ny, sade Ludvig.

-Det ligger en bil på taket där, fasen vet om det inte var ifrån den jag blev beskjuten på cykelbanan häromdagen, sade Scotten och pekade.

-Min syster Leila är där borta, vi går fram och snackar med henne, föreslog Ludvig.

-Vad glad jag är att se dig! Jag var så orolig att du fanns här när det small, sade Leila och kom fram och kramade sin lillebror.

-Jag är också rätt tacksam över att jag är i livet här och nu. Kan du berätta något om den där bilen som ligger på taket, var det personerna i den som utplånade min lokal? frågade Ludvig.

-Vi håller på att undersöka det nu, så det är för tidigt att säga. Det ligger nära till hands att tro att det handlar om en hämndaktion. Kan du peka ut vilka som kan tänkas vilja utföra detta mot dig? undrade Leila.

-Det är ingen hemlighet att både jag och Scotten varit

utsatta för hot och mordförsök av rolexligan, svarade Ludvig.

-Jag förstod nästan det. Vidhåller du fortfarande att ni är helt oskyldiga till upptrappningen? Jag menar, ligan har ju även den blivit hårt ansatt på olika sätt, fortsatte hon frågande.

-Så länge vi inte bevisligen är skyldiga, så har vi inget gjort. Sådan är lagen det vet du, svarade Ludvig undvikande.

-Det vet jag mycket väl, men du är ändå min bror och då tycker jag att man kan få höra sanningen, sade Leila.

-Om jag säger så här då, det vore väl märkligt att bara stå och vänta som en måltavla på att bli likviderad. En del kanske agerar på det viset, men inte Scotten och jag, svarade Ludvig diplomatiskt med ett leende.

-Tja, det är väl det närmaste jag kan komma till ett erkännande, att det är som jag trodde. Jag kommer naturligtvis inte försöka driva det här vidare och sätta fast dig, men det kan vara bra för mig att veta. Sedan får ni väl räkna med att bli hårt ansatta av en nitisk åklagare framöver, så skaffa er en bra advokat, sade Leila.

-Nu har du fått veta det du behöver av oss. Nu vill jag att du håller oss informerade om vilka som satt i den där bilen och hur det gått med dem, för jag anar att det var de som sprängde min firma, sade Ludvig och tittade bestämt på sin syster.

- - - - -

Kapitel 16

-Jag blir så trött på killarna! Det här måste vara den största dagen för Scotten någonsin och då har han sin mobiltelefon avstängd! Som kronan på verket, så har min kille Ludvig gjort likadant, berättade Ebba när de konstaterat att blodhunden och Knasen var ensamma hemma.

-Vad jag förstod så har de väl haft det lite struligt på sistone. Det kan väl tänkas att de av någon anledning inte kommer åt att ringa, sade Joakim.

-Den där hypotesen blev jag ju inte lugnare av precis. Kan ingen tala om för mig var de är någonstans? skrek Ebba medan hon tog upp sina händer för sitt ansikte.

-Jag kan faktiskt förstå hur du känner, för jag har varit med om samma situation ett flertal gånger, sade Louise och blängde mot Joakim.

-Grabbarna vet vad de gör, det känner jag på mig. Ge dem bara lite tid så ska ni se att det löser sig, förklarade Joakim medan Henrik, Maria och Lisa med bebis kom uppför trappan.

-Jag kan gå ut och rasta hunden om ni ger Knasen kattmat, föreslog Henrik och tog fram kopplet som låg på hatthyllan.

-Jag måste få se honom, har ni verkligen inte bestämt vad killen ska heta? frågade Ebba snyftande.

-Vi har inte kommit fram till något som vi båda tycker om än, men det gör vi nog snart, svarade Lisa samtidigt som hennes mobiltelefon ringde.

-Hoppas det är Scotten, sade Maria otåligt och höll

tummarna.

-Ludvig och Scotten är tydligen hemma hos er för de trodde det var fikadags, berättade Lisa och tittade på Maria.

-Vad skönt att de hör av sig! Skulle de komma hit direkt? frågade Maria.

-Ja, de är faktiskt redan på väg. Det hade visst hänt en del oförutsett, men det ville han inte ta på telefon. Ni får ursäkta mig om ni tycker att jag är otrevlig nu, men jag är helt slut och behöver gå och lägga mig snart, sade Lisa samtidigt som hon lade bebisen intill sig.

- - - - -

-Du måste vakna nu, din väckarklocka har ringt över en halvminut! sade Petter och ruskade om sin fru lite lätt.

-Jösses, vart tog den här natten vägen? Jag är allt annat än utvilad och skulle ge vad som helst för att få sova vidare, mumlade Leila yrvaket.

-Jag kan ordna en mugg starkt kaffe så att du startar. Vill du ha gröt med som vanligt? frågade han.

-Ja, fixa gärna det så tar jag en snabbdusch under tiden, svarade hon och gäspade stort.

-Det ska väl bli skönt att vara ledig snart, är det på tisdag? fortsatte Petter när han var på väg till köket.

-Ja, så är det visst om det inte uppstår något extraordinärt. Som du vet var det en rejäl sprängning igår, så det kan hända att det för med sig en del extrajobb, förklarade hon och vred på duschblandaren. Innan vattnet hunnit bli riktigt varmt, stack hon in huvudet för att vakna till ordentligt. En snabbrepris spelades upp i hennes hjärna från gårdagen. På det hela kändes den helt okej, men visst fanns det fläckar.

Det var alltid otrevligt att komma fram till en plats där människor omkommit, men den här gången rörde det sig inte om helt oskyldiga individer, som det verkade i vart fall. Att återse sin bror Ludvig efter att hans företag flugit i luften var en syn hon förmodligen aldrig skulle glömma. En sak som de förhoppningsvis skulle få klarhet i snart, var hur det gått för deras kollega Linn. Det som talade för det, var i och för sig bara att de förmodligen kommit Albert Jacobsson på spåret. Några minuter senare när hon duschat färdigt, kände Leila sig redo att ta sig an en ny arbetsdag.

-Nu är frukosten färdig, vill du inte ha med dig någon matlåda idag? ropade hennes man från köket.

-Nej, det behövs inte. På helgerna brukar vi unna oss att köpa fikabröd till förmiddagsrasten och lunch äter vi alltid ute. För det mesta serveras det något extra då och det vill man ju inte missa.

-Jag blev inringd till tidningen nyss, så jag åker också på att jobba. Det är troligt att jag vill göra en intervju med dig om sprängningen, berättade han.

-Jaha, det går väl för sig, bara jag slipper vara med på bild, mumlade Leila motvilligt.

-Det behöver du inte, för jag har redan en hel hög med foton på dig. Jag kanske skulle lägga in en bild på dig från Teneriffa när vi gifte oss. Jag tänker särskilt på den när du druckit en flaska vin och badade i barnpoolen med bamseklubben, sade Petter och garvade.

-Tur för dig att jag vet att det inte finns något sådant kort, så den här gången klarar jag mig, sade hon och log.

-Om du visste vad det går att manipulera bilder så att de ser helt trovärdiga ut, forttsatte han.

-Du publicerar inte något eländigt om mig, för då ser jag till så att du får sova i arresten inatt. Förresten vill jag ha rostat bröd till frukost, kan du ordna det med? frågade Leila när hon klätt på sig.

- - - - -

-Okej, så mycket kan jag tala om, att blir det inte mer nattsömn framöver, så kommer jag se ut som en panschis till sommaren, förklarade Scotten och lade sig i sängen för tjugonde gången.

-Ja, det har onekligen varit jobbigt, men titta så söt han är! Tänk om man bara visste varför killen skrek nästan hela natten. Han har fått torr blöja och borde vara mätt, vad kan det då vara? undrade Lisa.

-Den som det visste. Konstigt nog verkar han trött nu, tror du att det äntligen är sovdags? undrade Scotten.

-I så fall är det ju lite typiskt, för då har han ju vänt på dygnet totalt, svarade hon och lade sig med.

-Jag kom på nu, att vi har faktiskt haft taklampan tänd mest hela tiden, så det kanske inte är så märkligt om han trodde att det var dag. Hur som helst måste jag gå ut en sväng med Henrik. Orkar du fixa kaffe under tiden? undrade han och släpade sig upp.

-Egentligen är jag för trött för det, men jag ska försöka. Går du förbi fiket och köper med något gott? Jag tror vi skulle behöva det, fortsatte hon undrande.

-Det hade jag faktiskt tänkt göra som en överraskning! Jag kommer snart, sade Scotten och hängde med blodhunden ut.

Trots att Scotten var fullständigt utmattad på grund av sömnbrist, var han överlycklig! Äntligen var de föräldrar och han njöt mer än om han vunnit högsta vinsten. En kontroll av vad klockan var, visade att konditoriet var öppet, för de öppnade sju på morgonen alla dagar. När Scotten klev in i den väldoftande butiken, hade han inte en aning om vad han skulle välja. Som väl var, fanns det ytterligare tre personer där som var före i kön, så det fanns möjlighet att hinna se ut något passande. Efter lite velande beslutade sig Scotten för två Napoleonbakelser samt en påse med färska källarfranskor. Visst fanns det mjukt bröd hemma redan, men en sådan här dag ville han ha något annat än den traditionella Skogaholmslimpan som alltid tog plats i brödskåpet. Tacksamt nog verkade Henrik lika slö efter natten som gått, för han drog inte det minsta utan följde lydigt med hela tiden. Om han bara visste hur många kommande nätter där sömnen förmodligen kommer bli spolierad, så hade han nog protesterat högljutt, tänkte Scotten.

Inne i lägenheten igen, hördes med en gång det karaktäristiska lätet från bryggen när de sista dropparna rann ner över pulvret.

-Vad hittade du för något gott? viskade Lisa och tittade med en frågande blick.

-Det blir något riktigt smarrigt! Först lite festligare mjukt bröd och sedan en bakelse bakefter, upplyste Scotten om.

-Killen sover tungt nu, så eventuellt kanske vi också kan ta en tupplur efter frukosten. Jag känner helt klart ett rejält behov av att sova ikapp en del, förklarade hon.

-Jag förstår dig precis. Du har dessutom utsatts för mycket större påfrestning än jag i och med förlossningen. Efter vad jag förstått, borde väl riktigt små barn sova massor, så det var nog bara en engångsgrej killen körde inatt, spekulerade Scotten medan han tog fram varsin liten sked och assiett.

-Vad härligt det ska bli med lite gofika! sade Lisa och satte sig vid köksbordet.

-Jädrar, nu har jag kommit på det! berättade Scotten och stannde upp.

-Vad fasen är det, har Ludvig gett dig en gåta eller något du försöker lösa? undrade hon.

-William! Klart att killen ska heta William Lars Scott! svarade han bestämt.

- - - - -

Otåligt väntade både Jesper och Leila på mer fakta från kriminaltekniker Lisbeth. Först och främst ville de veta identiterna hos de som befunnit sig i bilen, men även vad det rörde sig om för sprängmedel.

Visst fanns det en hel rad med arbetsuppgifter att utföra, men så länge de inte visste det mest elimentära, kändes det som tidsfördriv.

-Är det lönt att kolla med Lisbeth hur långt hon kommit, eller tror du att det bara tar längre tid då? undrade Leila när hon skrivit färdigt en rapport från gårdagen.

-Jag tycker att vi väntar tills efter lunch så får hon ett par timmar till. Lisbeth vet ju hur viktigt det är att vi får räta ut frågetecknen så fort som möjligt, så hon hör säkert av sig innan dess, svarade hennes chef hoppfyllt.

-Är det inte lite märkligt, att när våra kollegor gick och knackade dörr igår, så var det ingen som sett fordonet köra till Ludvigs TV-firma, sade Leila förundrat.

-Det kan jag hålla med om, alltid brukar vi ju få in några iakttagelser. Möjligt att vädret den här årstiden spelat roll plus att det var en tid i vecka då knappt någon vistas där. Bostadshusen ligger dessutom en bit därifrån så de kan nog tagit sig dit obemärkta, sade Jesper.

-Vi får väl hoppas att det kommer in fler uppgifter i efterhand i alla fall, som det brukar göra, svarade Leila.

-Javisst, bara det inte dröjer för länge. Titta exempelvis på Palmemordet som skedde åttiosex. Än idag, alltså över trettio år senare, lämnas det in nya vittnesmål! De som skickar in något så långt efteråt, har de varit påtända eller plötsligt sett en syn framför sig som inte funnits tidigare? frågade han och skrattade.

-Jag håller med om att det låter otroligt. Hade det bara varit ett vittne som lämnat in sin övertygelse, men det är ju flera om dagen i snitt, fortsatte Leila.

-Det är djupt. Nu sticker vi och käkar lunch, så hoppas vi att Lisbeth gett oss svar när vi kommer tillbaka, föreslog Jesper.

-Låter perfekt för jag är utsvulten, svarade Leila och reste på sig.

Drygt en timme senare, var de tillbaka på kontoret och tittade ivrigt efter ett meddelande från tekniska.

-Super, här är personnummer och namn på de som förolyckats! förklarade Jesper med ett leende.

-Det var alltså fyra personer i bilen, riktigt tragiskt egentligen, svarade hon.

-Jag håller med. Visst var det de här fyra plus en till som befann sig bredvid gasbilen som exploderade för ett tag sedan, eller stämmer inte det? undrade hennes chef.

-Jo, det stämmer. Två av dem nekade väl till det, men det är rimligt att anta att de ljög, för det fanns ju tydliga tecken på det. Lite konstigt kan man tycka, men var höll den femte hus nu? undrade Leila.

-Precis, det får vi ta reda på. Det skulle inte förvåna mig om han finns någonstans bland rasmassorna, men det kommer säkert fram så småningom. Förresten, vågar man öppna det här mailet? frågade Jesper.

-Tja, riktigt säker kan man väl inte vara förrän efteråt. Polisens brandväggar har ju alltid haft sina brister och antagligen tycker nog en del nördar att det är kul att hacka sig in hos oss. Jag tror du ska kunna läsa det så länge du inte öppnar några bilagor, svarade hon.

-Vi går på det, blir det skit av allt och datorerna kraschar, hänvisar jag till dig, sade hennes chef och garvade.

-Det tror jag säkert att du gör! Titta, det är ju från Albert Jacobsson och han är tillsammans med Linn! Går det att se varifrån mailet är skickat? undrade Leila nyfiket.

-Det verkar vara avsänt från Brasilien. Har de dragit dit så lär vi aldrig få dem utlämnade, spekulerade Jesper.

-Hur tusan kunde de grundlura oss så komplett? Här har vi antagit att Linn plågats av Albert men då har det alltså varit precis tvärtom. Vad vann hon på det egentligen? frågade Leila.

-Helt klart är att hon manipulerat oss totalt. Är det som vi tror, så var i alla fall själva rymningen inget under om Albert fick hjälp av Linn, fortsatte Jesper.

-Nej, den biten kan jag köpa. Däremot varför hennes lägenhet sprängdes är ju en gåta, sade Leila.

-Ja, det går inte ihop. Enda förklaringen är att det faktiskt var någon annan än Albert som låg bakom. Just den detonationen tog han inte på sig. Sedan har vi tillfället när Linn var själv på stationen och hävdade att Jacobsson kommit in och överraskat henne. Det var alltså också osanning i så fall. Vi måste en gång för alla försöka sätta oss in i hur den där Albert Jacobsson tänker och även vår kollega Linn, sade Leila och gjorde allt för att fokusera.

-En trolig förklaring är nog de tio miljonerna som aldrig kom fram efter en stöt som Albert var med och genomförde, berättade hennes chef.

-Ja, det är klart att med den summan klara man sig rätt bra resten av livet om man inte slösar för mycket. På ett sätt tycker jag det är konstigt att de talar om var de befinner sig. Är det bara för att vi inte ska slösa skattepengar på att förgäves leta efter dem? frågade hon.

-Det är lätt att falla för att det är en standardförbrytare, men som du sade nyss måste vi tänka som Albert för att förstå. Jag kommer inte på någon rimlig förklaring direkt, men jag kan lova dig att så fort det blir tid över ska jag försöka, svarade Jesper samtidigt som det ringde Leilas telefon.

- - - - -

Kapitel 17

Lisa tyckte William var ett riktigt bra namnval. Det hade hon ansett hela tiden, men det var inget som Scotten hade något minne av. För att inte bli osams, lät hon det bero och föreslog att de kunde ta en promenad i det hyggligt fina vädret. Efter en lång tid med blåst och avsaknad av sol, såg det nu ut att bli en fin februaridag. Under natten hade det kommit runt en centimeter nysnö som gnistrade så pass av solskenet, att det gjorde ont att titta på utan solglasögon.

-Ja, visst kan vi gå en sväng och eventuellt ta med lite varm choklad, men orkar du med det så snart efter att du fött barn? frågade Scotten oroligt.

-Jag fixar nog det, om vi inte går för fort. Dessutom kunde det vara spännande att se hur den begagnade barnvagnen fungerar. Att den rullar lätt och verkar stabil har vi ju kollat, men rent praktiskt kan vi testa om den är bra nu, sade Lisa.

-Okej, du kan väl gå och hänga på vagnen då, så håller jag i Henriks koppel. Jag värmer väl på oboy då och brer på källarfranskorna jag köpte, berättade Scotten.

-Ja, det kan du göra, så ska jag se vad för kläder som är lämpliga för mig. Det är lite kyligt ute och jag får inte vara för tunnklädd. Förresten, i kylskåpet längst ner finns det sallad, gurka och tomat till brödet, förklarade hon.

-Smarrigt! Jag köpte krabbsallad och salamikorv i veckan, vill du ha det som pålägg med? undrade han.

-Nej, för fasen! Då kränger min mage ut och in plus att

jag inte gillar smaken alls! Däremot kan jag smaka skinkosten på tub som ligger i kylskåpsdörren, svarade Lisa.

-Det kan jag väl ordna. Vet vi egentligen hur mycket William ska ha på sig så att han varken blir för varm eller fryser? frågade Scotten samtidigt som mjölken kokade över på spisen.

Louise gav mig en del tips senast vi träffades, så det löser sig med hans klädsel. Faktum är att i en skaplig vagn med insats och åkpåse så behöver de inte ha en massa på sig, svarade hon.

-Förbannat! Hur i helvete kunde det koka över så snabbt? Kastrullen och spisen ser ju för jävliga ut nu, muttrade Scotten innan han tog fram mer mjölk från kylen.

-Jag kan fixa chokladdrycken om du klär på killen. Förresten får du nog lägga om ditt språk så att inte Wiliam bara lär sig en massa svordomar. Du borde kanske få lägga en hundring på mitt shoppingkonto för varje gång du säger ett fult ord? tillade Lisa och log.

-Lite kraftord skadar säkert inte om han får höra, det tror jag inte är skadligt. Det där med mer pengar till dina grejer behövs inte för du är vacker ändå, sade han och kramade om Lisa.

-Säger du det bara för att du ska komma undan billigare, så var det ett dåligt argument, svarade Lisa och försökte se allvarlig ut.

-Klart att jag menar allvar, du är finast utan en massa tillbehör, sade Scotten och körde in sina händer under Lisas linne.

-Du är iskall och dessutom känner jag mig allt annat än

attraktiv nu. Min mage är som en enorm gelèråtta, så jag måste börja på gym och träna för att det ska kännas bra för mig, berättade hon.

-Jag gillar det här skarpt, det är så mjukt och härligt, fortsatte Scotten och kramade vidare.

-Snällt sagt, men jag vet fortfarande inte om jag kan lita på dig. Nu kan du gå och byta blöja, så ger jag honom bröstmjölk när du är färdig, berättade Lisa och vispade ner chokladpulvret i den sjudande mjölken.

-Gör du iordning tilltugget med, eller ska jag fixa det när han får mat? undrade Scotten.

-Det är klart att du får ordna med smörgåsarna under tiden, sedan kan du göra klart barnvagnen så att jag bara kan lägga i honom, sade hon och tog fram två muggar från skafferiet.

-Otroligt att så lite skit kan stinka så mycket! Ska det verkligen lukta så här illa? frågade han och rynkade på näsan.

-Hade det luktat viol kanske du blivit stående där och sniffat hela dagen, så det är väl tur att det inte gör det. Louise berättade att det alltid var så i början plus att färgen kunde vara grönaktig, förklarade hon med ett leende.

-Måste jag smörja in röven på honom? Den är alldeles röd av skiten, undrade Scotten.

-William har en stjärt och inget annat. Nu får du swisha över en hundralapp extra till mig, sade Lisa.

-Glöm det och kom hit med lite kräm av något slag istället. Senast jag själv såg ut så här i röven, var när jag druckit hemgjort maskrosvin! Det kändes som om någon brände bort håret där bak med en svets, förklarade han.

-Du kanske skulle bli poet och börja skriva dikter så målande beskrivningar som du kan göra! Det finns en tub med barnsalva i skåpet framför dig. Sedan kan du pudra med talk så blir det nog bra, sade Lisa och ställde kassen med termos och muggar på barnvagnens underrede.

-Nu är William som ny! Du skulle bara se vilket leende jag fick av honom precis nu! berättade Scotten stolt.

-Det tror jag säkert! Kom hit med honom nu, så får han äta medan du gör mackorna, sade hon.

-Vart tycker du att vi ska gå sedan? frågade Scotten när han kom till fåtöljen i vardagsrummet där Lisa satt sig.

-Vi kanske kunde ta en sväng ner mot hamnen, det är aldrig fel. Ett tag funderade jag på om vi skulle tagit bilen till Femöre, men det blir så mycket merjobb och dessutom är väl Volvon kall som en frysbox, sade hon.

-Jag håller med dig, att vi kanske ska hoppa över bilen idag. När Henrik och jag var ute såg jag att det var sådan där hård isbark på rutorna, så får den stå är det absolut smidigast. Hamnen var ett förslag som är kalas, vi kan till och med ta med ett par dynor att sitta på så att man inte förfryser arselet, förlåt stjärten, när man sätter sig, svarade Scotten.

-Då gör vi det. Titta i kistan som står i hallen om det inte ligger ett fårskinn där som vi kan ta med. William verkar vilja sova nu så jag lägger ner honom försiktigt i vagnen, viskade Lisa.

-Perfekt, jag är precis färdig med mackorna. Jag ska väl inte behöva någon kylklamp idag? frågade han.

-Nej, det tror jag inte. Vi lär nog behöva solglasögon, jag tar fram dina med så vi inte glömmer dem hemma, fortsatte Lisa och böjde sig ner för att få på sig sina kängor.

-Jag kanske ska hjälpa dig, eller fixar du det? frågade han.

-Jag tror du får knyta åt mig, för det var en jäkla ställning känner jag. Det liksom hugger till i vissa lägen, men det var visst normalt, sade hon.

-Ha! Nu får du sätta in hundra spänn på mitt styling konto till bilen för att du använde ett fult ord, sade Scotten retfullt.

-Det kunde jag väl gjort, men jag har fortfarande inte fått något av dig, så nu är vi lika. Ska vi ta med något hundgodis till Henrik med, eller vad tycker du? undrade hon och låste upp ytterdörren.

-Jag har alltid hundchoklad med mig i fickan, för ibland behöver han ju mutas, förklarade han.

-Jaså, vid vilka tillfällen då om man får fråga? undrade hon.

-Det kan vara ibland när han vill vara ute längre, då är det bara att säga att han får godis om vi går hem direkt. I och för sig händer det att han får samma sak om han vägrar att gå ut för att det regnar, berättade Scotten.

-Jaha, är det så du gör för att få en lydig hund! Det är alltså inte så konstigt att han protesterar när jag ska rasta honom, för av mig får han ingen choklad, svarade Lisa förtretad.

-Jag är säker på att han gillar att följa med dig också om du mutar honom, prova nästa gång så får du se, sade Scotten och garvade.

- - - - -

-Det var dagens värsting! utbrast Leila när hon avslutat

samtalet.

-Jag ser på dig att du är upprörd, vad gäller det? frågade hennes chef.

-Det var passpolisen som ringde, han som vi pratade med igår. Han hade visst gått igenom alla resenärers identitet och upptäckt en del intressant. Bara en halvtimme efter att Albert Jacobsson flytt från dem, gick ett flyg iväg till Barcelona med två intressanta personer, sade Leila.

-Okej, var det Albert och Linn som klätt ut sig och bytt namn? frågade Jesper och skrattade.

-Du anar inte hur rätt du har! Det värsta är att de åkte iväg dit så pass sminkade att ingen av dem reagerade vid passkontrollen, sade hon.

-Jaha, och med stulna identiteter förstås, sade Jesper och suckade.

-Ja, och inte vilka som helst! För att retas maximalt med polisen, så har de snott mitt och min man Petters identiter! Tydligen var de alltså tillräckligt lika oss efter makeup och kanske en peruk på Linn, så att de bara kunde gå igenom kontrollen, berättade Leila.

-Låt mig gissa, sedan fortsatte de från Barcelona till Brasilien, eller hur? spekulerade hennes chef medan hans panna rynkades.

-Just den biten har vi inte fått bekräftad, men det är väl rimligt att anta. Visserligen fanns inte deras namn med på passagerarlistan dit, men de kan väl gjort fler förfalskade resehandlingar, fortsatte hon.

-Det är väl bara att räkna med att de gjort resan till sydamerika, det är ju klarlagt i och med mailet vi fick nyss, berättade han.

-Jag blir så förbannad! Tänk att vissa gör allt för att kringgå det lagliga systemet och på köpet lyckas med det! Det skulle inte förvåna mig om de kan kapa våra kontokort och allt möjligt nu när de har så bra förfalskningar så att inte ens experter kan avslöja det, muttrade Leila.

-Jag tror du har rätt på den punkten, så det är nog bäst att du förvarnar Petter och ser till att spärra era kort, föreslog Jesper.

-Jag vill åka ut till Skavsta och se hur de såg ut i övervakningskamerorna. Till att börja med så vet jag att Linn har blå ögon och inte bruna som jag. Det är klart att hon kan ha använt sig av färgade linser, fyllde Leila i.

-Precis, det var nog inget problem för henne att fixa på mindre än en minut. Ser man till vikt och kroppsstorlek är ni väl inte heller helt olika, fortsatte Jesper.

-Jaså, det tycker du! Linn är åtminstone åtta kilo tyngre än jag, så kom inte och jämför min kropp med den där subbans! Förresten, går du och spanar in dina underordnades figurer? frågade Leila hätskt.

-Klart att jag inte gör, jag tycker att du överreagerar nu! Förmodligen är du extra lättirriterad eftersom de stulit era identiteter, vilket är förståeligt. Hur som helst så kan vi göra som du föreslog, vi åker ut och kollar hur lika de är dig och Petter, sade Jesper.

-Jag kan köra då, så får jag koncentrera mig på trafiken. Därmed borde jag kunna släppa identitetsstölden för stunden, förklarade hon och tog fram bilnycklarna.

-Hehe, jag tänkte just säga att du nog inte är en lämplig bilförare i ditt tillstånd, men okej, du kan ta ratten om du vill, svarade Jesper och garvade.

-Jag kör alltid kontrollerat och kan hålla mig behärskad och det vet jag bäst själv, mumlade hon och tog på sig bältet.

-Ärligt talat, så anser jag inte att du är dig riktigt själv nu, men det har ju sin naturliga förklaring. Försök åtminstone att andas med djupa andetag så du varvar ner lite, föreslog hennes chef när han stängt sin bildörr.

-Jag vet att du har rätt och jag ska lugna mig men det är inte så lätt. Kan du sätta dig in i vad Albert och Linn gjort mot mig och Petter egentligen? frågade Leila och började köra iväg.

-Det är klart att jag inte fullt ut kan göra det, men visst försöker jag att föreställa mig hur det kan vara. Hur det kan finnas typer som saknar empati fullständigt och göra något så kränkande att de stjäl andra människors identitet är skrämmande. Jag förstår egentligen inte vad de har emot dig och din man, de kunde ju valt några för dem helt okända personer istället, fortsatte han.

-Precis, för jag vet inte med mig att jag varit speciellt oschysst mot någon av dem, svarade hon.

-Nej, det kan jag intyga att du inte har. Jag förmodar att det rör sig om någon slags markering, men jag har inte svaret på varför. Kanske det är något typ mot oss poliser och hela rättsväsendet, att vi ska låta dem vara ifred. Sedan att det gick ut över dig och din man är kanske bara en olycklig omständighet, spekulerade Jesper.

-Möjligt att du har rätt, just att det inte är ett personligt angrepp utan menat som en varning till oss alla, men det får vi väl veta först om ett tag. En sak till som jag inte kan smälta, är hur det kan vara så förbannat lätt att trycka egna nya pass som är omöjliga att se om de är oäkta! Kan du tänka dig vad det får för konsekvenser? utbrast Leila medan hon svängde av mot Skavsta flygplats.

-Nej, egentligen kan nog ingen det. Är det som det verkar, så kommer hela samhället kollapsa. Det finns så otroligt många som är beredda att begå allehanda brott om de får möjlighet till det och med den här öppningen kommer det öka lavinartat. Jag är inte ens säker på att alla inom vår yrkesgrupp skulle stå emot frestelsen, förklarade hennes chef.

-Nej, det har vi faktiskt redan kunnat konstatera, det är ju bara att titta på Linn. Jag begriper fortfarande inte hur hon kunde lura oss så otroligt, utan att vi kom på henne! Har du någon förklaring till det? undrade Leila.

-Tja, går man efter att allt hon sade till oss var sant, så går det inte alls ihop. Om man däremot vänder på förutsättningarna och tänker att hon hela tiden ljög för oss i egen vinning, blir det helt annorlunda. I efterhand så här, verkar det som hon fullständigt lyckats manipulera oss, förklarade Jesper.

-Ja, det kan nog vara så. Med tanke på att de har tio miljoner som väntar på dem någonstans, finns det förstås goda skäl att handla som de gjorde mot oss, trots att det borde kännas för Linn som att hon svek oss, sade Leila.

-Ja, visst måste det tära på samvetet för henne, men jag tror ändå att en rejäl skopa pengar kan lindra rätt så gott, det har vi varit med om förr. Jag kan inte sluta tänka på en episod som hände för länge sedan när vi skulle samla in pengar till en skolresa, jag har för mig att det var när vi skulle gå ut ur nian. Den som var mest betrodd i klassen var en plugghäst som hade föräldrar insyltade i sociteten. Det var självklart att hon skulle anförtros till att ha hand om kassan. Vi sålde hembakat bröd och utförde dagsverken åt pensionärer och fick säkert ihop runt tio tusen kronor. Sedan gick det väl inte riktigt som tänkt, resan blev nämligen inställd för vi kom inte överens om vart vi skulle åka. När pengarna då skulle återbetalas till oss som samlat in dem, var de väck. Allt berodde på att den finaste och till synes oskyldigaste tösen förskingrat varenda krona på egna grejer! Därmed har jag lärt mig att det knappast går att lita fullt ut på någon, förklarade han samtidigt som de gick igenom portarna till flygplatsen.

-Tråkig historia, med dem erfarenheterna förstår jag att du är misstänksam. Där framme är passpolisen, ska bli riktigt intressant att se filmerna, sade hon.

-Hej, jag har fullt upp men jag har samlat ihop några filmstumpar och bilder som ligger på den här datorn. Ni kan titta på dem i lugn och ro inne på vårt kontor, berättade passpolisen och öppnade dörren in dit.

-Perfekt, då kan vi kika på dem, svarade Leila och satte sig vid skärmen.

-Visst är det skrämmande likt, särskilt Linn har ju lyckats bra med sminkningen! Om jag inte vetat att det var hon kunde jag lätt tagit för självklart att det var du på bilden, berättade Jesper.

-Jag håller med dig, hur tusan har hon lyckats? Vet du om hon jobbat tidigare med att sminka andra, eller hur har hon fått de färdigheterna? frågade Leila.

-Inte en aning, jag tror inte att det stod något om det i hennes cv. För skojs skull kan vi kontrollerar det när vi kommer tillbaka till stationen, svarade Jesper.

-Det är klart, att det här har de planerat länge så det kan mycket väl vara något hon undanhållit, fortsatte hon.

-Där är väl ett filmklipp med Albert Jacobsson, tycker du att han liknar din man? frågade hennes chef.

-Ja, men jag ser ju direkt att det inte är Petter. Jämför man med passfotot så förstår jag väl ändå att han gick obemärkt igenom kontrollen, förklarade hon efter några sekunders analyserande.

-Jaha och i det här fallet räcker det ju gott, för personalen har ju bara bilden i passet att jämföra med, svarade Jesper och suckade.

-Vi kan bara konstatera att vi blivit blåsta en gång till. Den här gången känns det dessutom ännu mer hopplöst än tidigare för lyckas de byta identiter så lätt, lär de bli svåra att gripa, svarade hon.

-Ja, jag vet faktiskt inte vad vi ska vidta för åtgärder härnäst. Den enda lilla förhoppningen jag kom på nu, är att Albert helt enkelt nöjer sig med sitt resultat nu och stannar med Linn i Sydamerika. Jag menar, de har förmodligen tio miljoner kronor eller motsvarande i euro att leva på resten av livet. För den summan kanske de rotar sig där, sade Jesper.

-Ja, vi kan ju alltid hoppas på det. Om han på köpet är ensam om sina kunskaper att lyckas göra perfekta förfalskningar, så är vi med en skopa tur av med problemet, svarade hon och stängde av datorskärmen.

-Ja, visst är det ett önsketänkande, och just nu känns det som att vi är beroende av en del tur, svarade Jesper när de började gå tillbaka till bilen.

- - - - -

Kapitel 18

Ludvig försökte samla sina tankar och planera för vad som var mest troligt skulle hända framöver. Med all säkerhet hade de fyra som omkommit i den kraftiga detonationen vid hans företag, varit just de som hotat hans liv den senaste tiden. Den femte och siste medlemmen i den lokala Rolexligan trodde han knappast skulle vara till besvär, kanske snarare tvärtom. Det hade framkommit att Josef som han hette, var rätt så tekniskt lagd. Just nu tänkte inte Ludvig dra igång något stort, men inom en inte alltför avlägsen framtid ville han gå vidare med att montera och sälja solpaneler och då kanske behöva anställa någon. Explosionen vid TV-firman hade på sätt och vis påskyndat kraven att Ludvig snart var tvungen att bestämma sig. Det som gällde var antingen att låta företaget byggas upp igen och köra vidare med bara reperationer och viss försäljning, eller starta upp något helt nytt med mer inriktning på den högaktuella energikällan. Om han valde det senare alternativet, fanns det säkert möjlighet att dra igång den verksamheten i Oxelösund istället, dit de skulle flytta om några månader. Ibland kom farhågorna upp att ytterligare några bekanta eller släktingar till de som förolyckats vid smällen, planerade en gruvlig hämnd på honom och Scotten. Hur det skulle bli på den fronten verkade det inte riktigt gå att få klarhet i, utan det fick helt enkelt visa sig i framtiden. För att lugna sig själv, intalade Ludvig sig att det inte fanns någon anledning att oroa sig för problem som inte fanns mer konkret. Det som också var okej, var att han inte kände av några särskilda samvetskval för att han egentligen var vållande till de fyras död. Tanken från början hade i det trängda läget hela tiden faktiskt varit att eliminera typerna. Att de sedan lyckats utlösa sin egna laddning för tidigt och dessutom precis intill den han själv tillverkat, var liksom alldeles förträffligt. Därmed hade det blivit den kraftigaste laddningen som detonerat i Sverige. Under de här omständigheterna kunde knappast varken Scotten eller han själv misstänkas för att ha tänkt ta livet av ligamedlemmarna.

-Jag måste visst ta tåget till Norrköping först till kvällen, för att en kontaktledning är nedriven, förklarade Ebba.

-Jaha, men det gör väl inget om du är kvar här lite längre, svarade Ludvig frånvarande.

-Det kunde säkert vara trevligt, grejen är bara den att vi skulle göra ett grupparbete inför tentan imorgon, svarade hon bekymrat.

-Om du vill skjutsar jag gärna ner dig, när behöver vi åka? frågade Ludvig.

-Helst så att jag är där senast fjorton, så om vi åker efter lunch kanske, föreslog Ebba.

-Inga problem alls. I och för sig skulle jag behöva lite rådgivning om vad som är bäst att satsa på. Antingen bygga upp lokalen och driva TV-firman vidare eller satsa på solpaneler, sade han.

-Ja, det är klart att det är ju ett viktigt beslut. Jag kan inte så mycket om något av det, men får jag en del bakgrundsfakta så kan du nog få tips i alla fall, berättade hon.

-Som du vet har ju firman knappt gått runt, men på

173

samma gång har det ju varit en ganska säker inkomst. Satsar jag på något nytt blir det förstås extra utgifter i början. På köpet är vi ägare till ett hus från och med i sommar, så det behöver verkligen rulla in pengar hela tiden, förklarade Ludvig.

-Hur bråttom är det att du får veta av mig vad jag tycker? Jag vet att farsan alltid sagt att viktiga beslut ska man skjuta på in i det längsta, för annars är det risk att man gör något förhastat, fortsatte Ebba undrande.

-Det är måndag imorgon och då tror jag att försäkringsbolaget vill veta vad jag har för planer. Visserligen kan jag kolla med dem först när jag måste lämna besked, svarade han.

-Ja, gör gärna det. Får du en månad på dig så hinner vi ta reda på mer fakta, svarade hon.

-Företaget som ville ha mig som återförsäljare lovade bra villkor, men det vet man väl inte förrän efteråt om de håller sina löften, sade Ludvig.

-Spontant känner jag att det borde väl gå att köra båda verksamheterna parallellt. Kanske inte i all evighet, men ett tag. På det viset ser du själv vad som är mest lukrativt och vad du trivs bäst att jobba med, tillade hon.

-Visst, jag får kanske satsa på det. Ett stort problem nu direkt, är allt som blivit förstört på firman. Det lär väl ringa som tusan imorgon när de som har grejer inlämnade undrar hur det löser sig med ersättning. Jag funderar skarpt på att inte svara innan jag snackat med mitt försäkringsbolag, berättade Ludvig.

-Hade du inte en massa verktyg och reservdelar i lokalen också? frågade Ebba.

-Jo, visst hade jag det. En klar fördel är dock att de allra viktigaste redskapen jag brukar använda, låg i min jobbarbil. Så faktum är att jag borde kunna arbeta med allt utom reperationer i egen lokal, spekulerade han.

-Det borde väl inte vara alltför svårt att hitta något lämpligt, för du behöver väl bara en ganska enkel lokal? frågade hon.

-Visst, i stort sett skulle vilken källarskrubb som helst duga. Jag får kolla det med försäkringsbolaget också, svarade Ludvig.

-Det låter klokt. Jag ordnar lite fika, vill du att vi ska sticka ut någonstans? Solen skiner ju för fullt ute, sade Ebba undrande.

-Jag tar hellre lite gofika inne, det är nog kallt och blåsigt ute, förklarade han.

-Okej, då gör vi så, svarade hon och gick till köket.

- - - - -

-Förbaskat, det var ju inte alls skönt, fast solen gassar på, klagade Lisa.

-Jag håller med dig fullständigt. Den enda som verkar trivas är visst William, för han sover tungt, svarade Scotten och drog ner sin mössa ännu längre över sina öron.

-Visserligen är det bara några hundra meter ner till hamnen, men jag tycker att vi vänder och går hem igen. Det gör dessutom mer ont än jag trodde att det skulle göra, fortsatte Lisa och grimaserade.

-Då är det inget snack, vi går tillbaka. Förresten, vi kanske skulle gå hem till mina föräldrar, det är ju bara drygt hundra meter dit. Morsan har nog inget emot att se killen igen, föreslog han.

-Först tänkte jag säga att det är nog dumt att inte låta

William sova färdigt, men sedan kom jag på att han kan ligga ute i vagnen tills han vaknar. Måste du ringa först och förvarna dem att vi är på väg? undrade Lisa.

-Det är inget att stimma om, de får väl räkna med att vi bara dyker upp ibland, för vi bor ju knappt en kilometer ifrån varandra. Den här gången har vi ju dessutom med oss eget fika, så även om de är ute någonstans så har jag nyckel på mig så vi kommer in, förklarade Scotten övertygande.

-Tja, det skulle faktiskt vara skönt att ta av sig kängorna en stund och lägga upp benen på en pall, svarade hon.

-Jag anar att de är hemma, för det ser inte ut som att det finns några spår från huset i nysnön, sade Scotten när de kom närrmare.

-Jag känner ändå på mig att vi borde hört av oss först, det är bara en känsla jag har, svarade Lisa oroligt.

-Jag hoppas inte att du har blivit en spåkärring sedan vi fick barn, för sådant där tror jag inte på. Titta på Henrik vad han skakar, han vill in i värmen nu för han fryser också, sade Scotten.

-Okej, jag ger mig. De kan väl knappast hålla på med något olagligt, typ spritillverkning eller trycka falska sedlar! Vi får i alla fall se till att dela med oss av fikat, sade hon.

-När du säger så blir jag faktiskt lite nyfiken. Tänk vad spännande det skulle vara att komma på sina föräldrar med något sådant. Jag fick en idè, vi skiter i att ringa på, utan kliver bara in när jag låst upp med nyckeln! sade Scotten.

-Du är inte riktigt klok, hoppas de inte är hemma, för då får jag skämmas, svarade Lisa.

-Ha, jag säger att det var ditt påhitt! sade Scotten och satte nyckeln i låset.

-Det tror jag säkert att du gör, men förhoppningsvis så tror de inte på dig, svarade hon medan Scotten slet upp dörren. På hallmattan låg hans pappa och mamma nakna och älskade med varandra.

-Kul att ni tittar in, vill ni ha kaffe? frågade Henrik högröd i ansiktet. Om färgen berodde på att han var generad eller ansträngd, fick de aldrig veta.

- - - - -

Ofta lyckades Leila klara sig igenom motgångar genom att tänka att saker och ting kunde varit värre. I det här fallet var det tyvärr inte riktigt så, för hur hon än vände och vred på det, så var identitesstölden något bland det värsta hon råkat ut för. Hittills hade inga pengar försvunnit från Petters och hennes nu spärrade konton, men Leila befarade att det var på gång. Hade Albert och Linn lyckats med sina bedrifter så här långt, så fanns det säkert inget som kunde hindra dem nu heller. Dessutom, att det gick två personer i frihet som utgav sig för att vara hon och hennes man, var väldigt obehagligt.

-Man kan undra hur de jäklarna burit sig åt. De bilderna du tagit med din mobiltelefon på de förfalskade passen ser ju ut att vara identiska med dem vi har på våra, utbrast Petter förargat.

-Ja, när du säger det, så verkar det faktiskt så. Den första tanken jag får då, är att de hackat sig in hos de som tillverkar passen eller hos Polismyndigheten, spekulerade Leila.

-Tja, man ska väl egentligen inte bli förvånad, för datasäkerheten är rätt så obefintlig på alla statliga verk.

För en som är kunnig, är det nog inga problem att lösa det mesta. Jag vet att det så att säga försvinner över sextiotre tusen pass i Sverige årligen! En trolig förklaring till att deras pass är så lika, kan vara att det är kopior av våra helt enkelt, fortsatte Petter.

-Menar du att det är så många? Jag visste att det var ett stort antal, men inte de volymerna. Hypotetiskt kan det alltså gått till som så, att de anmält våra pass försvunna och fått ersättningshandlingar hemsända till sig, sade hon undrande.

-Det är säkert så. Därmed kan det vara en myndighet till de lurat, nämligen de som ska se till att rätt personer hämtar ut dem, fortsatte han.

-Normalt sett ska det ju inte fungera, men tyvärr börjar samhället bli alltmer korrupt. Med mutor och hot går det tydligen att komma långt, svarade Leila uppgivet.

-Vi får väl hoppas att det är som du sade till mig förut, att det inte var något personligt mot oss utan en markering till polisen att låta dem vara ifred, sade Petter.

-Ja, förhoppningsvis är det så. Skälet till varför jag tror det, är att Linn knappast kan beskylla mig för att jag har varit en dålig arbetskamrat, tvärtom. Det är inte utan att jag känner mig lurad och besviken av henne, fortsatte Leila.

-Man vet ju inte om hon själv blivit tvingad eller övertalad. Dessutom nämnde du att Albert troligen hade en större summa pengar undangömda någonstans, det påverkar säkert med, sade Petter.

-Ja, tänk dig själv, de har förmodligen mellan tio och femton miljoner att spendera på vad de vill, samtidigt som vi gnetar på för fullt och ändå knappt kan lägga undan till något extra. Jag menar inte att jag vill byta med dem, men det är så jäkla fel att de som gör allt olagligt utan större bekymmer kan slinka igenom systemet och leva gott, förklarade Leila.

-Visst är det hemskt och det verkar bli alltmer utbrett. Rent generellt är det konstaterat att människor ser till sitt eget bästa, inte minst i trängda situationer. Visst säger väl de flesta tvärtemot om man frågar, men när det verkligen gäller är det egoismen som dominerar, berättade Petter.

-Jag vet att det är så och det är så sorgligt. Sist vi var i Bråvalla i Linköping under en konsert, blev tre ungdomar så pass klämda att de fick sina revben knäckta när alla skulle gå därifrån. Trots att arrangören vädjade till de besökande att ta det lugnt, så verkade ingen bry sig. De tyckte det var viktigare att komma ut till sina bilar och åka hem, svarade hon och suckade.

-Jag vet att det var på det viset, en kollega på tidningen var där. Risken är väl att de inte får ha så stora evenemang i fortsättningen om fler människor riskerar att bli skadade, fortsatte hennes man.

-Vi får hoppas att det inte går så långt, för det vore ju tråkigt. Jag tror det går att lösa med bättre logistik, för som det nu var, öppnade man bara en av tre utgångar när spelningen var slut. Visst blev man väldigt sugen på fika efter att vi försökt lösa så djupa problem! Jag sätter på en kanna kaffe och tittar om vi har något gott i frysen, sade Leila och gick mot köket.

- - - - -

-Jag har aldrig varit med om något så pinsamt tidigare! Stackars Maria, hon kommer nog inte kunna se oss i ögonen i fortsättningen, utbrast Lisa när de var på väg hem.

-Hehe, nej de var visst inte beredda på besök. Det kanske är bäst att vi går på din linje framöver och varnar om att vi är på ingång, svarade Scotten och garvade.

-Möjligt, men det hjälper ju egentligen inte, för de har faktiskt redan blivit ertappade en gång. Man kan undra hur natten ska bli för William, för han sover ju fortfarande som en stock, förklarade hon.

-Tja, det är nog bara att vara beredd på att den blir liknande den senaste. Egentligen borde vi väl gå hem och sova i fatt några timmar, plus att vi då är mer utvilade om han är vaken inatt, spekulerade Scotten.

-På ett sätt kan jag hålla med dig, men samtidigt så måste han faktiskt komma in i rätt dygnsrytm, annars lär vi få det väldigt jobbigt. Förhoppningsvis kan han sova om vi släcker ner belysningen, svarade Lisa.

-Vi får prova att bara låta det lysa i hallen, för lite ledljus kan behövas om vi behöver gå upp och se till honom. Det kanske är läge att höra efter med Louise om hon har några tips, hon har säkert råkat ut för samma sak med Jonathan, sade han.

-Visst kan jag ringa henne, men jag tycker att vi väntar några dagar i alla fall. Det är ju helt klart en väldigt stor omställning för William med, jag menar att allting måste vara väldigt nytt och ovant för honom att få komma ut till den här världen, svarade hon samtidigt som hon tog allt kortare steg.

-Okej, så kan vi göra. Hur går det, orkar du gå sista hundra metrarna? undrade han.

-Jag har väl inget val, eller tänker du bära mig? frågade

hon och skrattade.

-Visserligen krånglar och värker mitt ena knä lite sedan jag skadade mig, men om det krävs så kan du rida på mina axlar medan jag skjuter på vagnen, sade Scotten.

-Möjligt att det skulle fungera om jag bara kom upp. Går vi inte för fort sista biten så fixar jag det ändå, tror jag. När vi kommer hem lär jag nog somna direkt om vi bestämmer oss för att lägga oss en stund, för det känns så, sade Lisa.

-Egentligen vill jag helst äta lunch först, för om jag är hungrig kan jag absolut inte sova. Jag tror vi har pytt i panna i frysen, det går rätt fort att värma på i ugnen, föreslog Scotten.

-Jag är fortfarande ganska mätt efter all bullfika hos din mamma, men det är klart att jag passar väl på att käka om du ordnar något, sade Lisa.

-Om du vill kan jag steka på några ägg också, för det hör liksom till tycker jag. Vet du om vi har rödbetor hemma? frågade han.

-Det ska finnas en burk längst ner i kylen, men jag vet inte hur mycket det är kvar i den, svarade hon och låste upp deras dörr.

-Jag får kontrollera det. Skönt att han sover än, fast vi kom in i värmen. Han borde väl kunna sova vidare i insatsen, eller vad tror du? undrade han.

-Det fungerar säkert, bara jag tar av mössan och öppnar åkpåsen helt. Jag vilar en stund medan du värmer maten, sade hon och tog av sig kappan.

- - - - -

Kapitel 19

När Leila tittade på klockradion, såg hon att det var drygt tjugo minuter kvar tills det var dags att stiga upp. För en gångs skull kände hon sig hyggligt utvilad och njöt av att få dra sig i den sköna sängvärmen en stund till. Bredvid henne sov fortfarande Petter tungt, vilket Leila just nu tyckte var okej. Hon gillade att i lugn och ro dels få försöka komma ihåg om det var något särskilt hon drömt om, men även förbereda sig mentalt så gott det gick på vad dagen skulle kunna erbjuda.

På drömfronten mindes hon både det som redan hänt men även sådant som eventuellt var på gång. Det första som återkom var ständigt den ljuva veckan på Teneriffa nyligen, när de gift sig. Allt hade varit så fulländat, inte minst den perfekta temperaturen som ständigt legat på tjugoåtta grader. Det enda Leila kom på som inte var lysande med resan, var att de bara haft möjlighet att vara där i sju dagar.

Leila hade ofta förmågan att drömma även om framtiden och det hade skett mer än en gång att det slagit in. Den gångna natten hade Linn funnits med, men av vilken anledning kunde hon i nuläget inte utröna. Möjligtvis skulle nästkommande natt ge mer besked om varför Linn varit med i drömmen. Trots allt verkade det konstigt att hon uppenbarat sig, nu när Linn deklarerat tydligt att de befann sig på andra sidan jordklotet.

En snabb titt på siffrorna, visade att det var åtta minuter kvar innan duschen väntade. Med andra ord fanns det lagom med tid att planera vad som gällde inför dagen.

Visst hände det ibland att allt kastades om, men i stora drag anade hon vad som väntade. Inträffade inget oväntat, så var det till att assistera ett par bilinspektörer som skulle ha fordonskontroll i södra Nyköping under förmiddagen. Ett arbete som kunde innebära en hel del stillastående ute vid vägkanten, så det gällde att klä sig tillräckligt varmt. På ett sätt var det bara som en försäkran om att ingen skulle smita ifrån kontrollen som de var där, vilket lyckligtvis inte skedde så ofta. De flesta trafikanterna stannade lydigt för att visa sitt körkort samt blåsa i alkometern, även om de inte hade rent mjöl i påsen. Men visst, det inträffade att någon gjorde allt för att slippa stå till svars för sina synder och det var där som Leila och Jesper kom in i bilden. På nolltid skulle de kunna ta upp förföljandet av någon som försökte fly från rättvisan, vilket medförde att det hela tiden erfordrades att de var på sin vakt. Under utbildningen hade upplysts om att det förekom, att de som avvek från sådana här kontroller, ibland inte drog sig för att meja ner poliser som försökte stoppa dem. Av sin chef hade hon fått rådet att alltid ställa sig nära något som det gick att ta skydd bakom, antingen en bil eller ännu hellre en kraftig stolpe.

Eftermiddagen var avsatt för inre tjänst, vilket nästan alltid betydde en massa rapportskrivande på ärenden som tidigre inte ansetts vara brådskande.

När det var ett par minuter kvar tills Leila skulle stiga upp, sträckte hon sig efter sin mobiltelefon för att se hur vädret artade sig under dagen. Som hon anat, var det blåst som väntade, precis som under gårdagen. Tyvärr hade tydligen solen följt med i den kraftiga vinden, för på

183

väderkartan syntes endast moln.

-Den där förbannade blåsten, muttrade Leila tyst för sig själv och kände genast att hon blev på dåligt humör. Bland det som var mest frustrerande var, att hon själv skulle få stå och frysa arselet av sig medan alla åkte förbi i sina väl uppvärmda bilar och bara log. Visst hade hon kläder att dra på sig, men alla var inte reglementsenliga och därför obrukbara en sådan här dag. Nyligen hade en kollega blivit ertappad i Norrköping med att ha haft en fet fleecejacka på sig som det stod Montico på, över uniformen. De flesta som passerat hade säkert förstått hans tilltag, till dessa räknades dock inte en höjdare från Polisstyrelsen, som sett till att den anställde fått löneavdrag för klädseln. Något sådant ville Leila absolut inte vara med om, så det var till att dra på på sig en jädra massa underställ och förstärkningsplagg under uniformen. Visserligen skulle hon då se ut som en gravid michelingubbe och lik förbannat stå och frysa, men ändå inte lika jävla mycket.

Minuten senare, vred Leila duschvredet till maximal värme, för att kompensera att hon snart blev tvungen att vistas utomhus i snålblåsten. Den girige hyresvärden som jagade varenda onödig utgift, hade nyligen behagat sänka temperaturen på varmvattnet, så det lockade inte längre till en rejäl långdusch. På grund av att vistelsen i duschen inte blev så njutbar som hon hoppats, började hon leta efter något som kunde vara positivt att se fram emot. Det Leila såg närmast som hyggligt okej, var att det borde gå att piffa till frukosten så att det blev en höjdpunkt. Vad hon kom ihåg, fanns det förmodligen kvar lite kalla köttbullar och några överblivna pannkakor i kylskåpet. Med några skivor smörgåsgurka och en klick jordgubbssylt kunde säkert frukosten bli toppen och humöret vara i hamn igen. En stund senare när hon torkat sig och tittade in i kylen, fick Leila en positiv överraskning. Förutom det hon hoppades skulle finnas där, så låg även en stor bit pizza!

-Den blir perfekt att tugga på vid rasten på förmiddagen, sade Leila tyst för sig själv. Trots att Leila smugit så mycket hon förmådde, verkade det som hon väckt Petter. Visserligen skulle han börja jobba vid nio, så det gjorde väl inte jättemycket, tänkte hon och log.

-Morrn, är det redan dags att stiga upp? undrade hennes man yrvaket.

-Godmorgon! Visst, kliv upp nu, så får du hålla mig sällskap. Jag försökte vara så tyst som möjligt, men du vaknade visst ändå, förklarade hon.

-Jag tror faktiskt att det var ljuset från hallen som gjorde att jag inte sov längre, svarade Petter och gick mot badrummet.

-Kan du ringa hyresvärden idag? Med den hyran vi betalar, kan man väl begära att vattnet ska gå att få varmare, sade Leila undrande.

-Så farligt är det väl inte, jag tycker det brukar vara rätt okej. Vrider värden på för mycket, är det väl alltid någon som klagar på att de bränner sig, svarade Petter.

-Då kontaktar jag honom själv om du anser att det är lagom. Det känns ju inte som att man blir riktigt ren om det inte går att vräka på rejält med varmvatten ett tag, muttrade Leila till svar.

-Jag ska kolla ordentligt nu, så får du höra min slutgiltiga åsikt om fem minuter, svarade han och vred på blandaren.

-På fem minuter hinner man aldrig duscha, det blir ju bara som att gå in och vända i kabinen, svarade Leila medan hon satte på spisen för att koka gröt.

-Varken temperaturen eller trycket kan vi klaga på, för det är nog bättre än vad de flesta har. Däremot är det faktiskt lite svalt i badrummet, så det kanske var därför du frös. Jag tror inte det elementet är helt okej, jag kan be dem kontrollera det, sade Petter några minuter senare när han kom ut till köket.

-Om de ändå är här och typ luftar elementet, kan de fixa upp varmvattnet med, tycker jag. Jag häller upp gröten nu, fortsatte hon.

-Okej, det blir nog bra. Idag ville redaktören ha en fördjupad artikel om detonationen som skedde i lördags, kan du uppdatera mig under förmiddagen? frågade han.

-Tyvärr är jag inte så mycket på stationen förrän efter lunch, räcker det? undrade hon.

-I värsta fall får det gå. Jag får väl göra som så, att jag skriver ihop något som låter trovärdigt, så kan vi ändra på det som är fel innan det går till tryckning, förklarade han och hällde upp kaffet.

-Ja, se bara till att vi får läsa det innan det kommer ut. Redan nu kan jag säga att det framkommit att det var den kraftigaste detonationen i Nyköping någonsin. En del fastigheter så långt som trehundra meter ifrån platsen har fått sina rutor i kras, berättade Leila.

-Med andra ord så kunde det blivit betydligt fler som dödats eller skadats antar jag, svarade han.

-Det är nog väldigt troligt. Det finns egentligen inte något direkt bevis för att de som omkom i bilen verkligen var de som apterat bomben, men det är väl rimligt att anta. I slutänden när allt måste bevisas och inga tvivel får finnas, lär det bli svårt att binda dem till dådet. Det enda som tyder på en koppling, är att Ludvig och Rolexligan haft en konflikt. En av dem var inte med i bilen, så han ska tas in på förhör under dagen, det är vad jag vet nu, sade hon.

-Det är en bra början, sedan gäller det bara för mig att hitta någon som varit i närheten och hört smällen på nära håll, eller fått sin egendom förstörd. Förhoppningsvis kommer det in någon hundägare under dagen och berättar en del. Det är ganska vanligt att det sker, för de är ofta de enda som är utomhus oavsett väderlek, förklarade han.

-Är det något matnyttigt de har att komma med, får du se till att de upplyser polisen med. Det är ju generellt vi som ska ha allmänhetens iakttagelser först. Det är inte meningen att vi ska få läsa i tidningen vad som hänt, sade hon och gjorde en stor macka med kalla köttbullar och gurka på. Har du förresten något att äta till lunch? undrade Leila.

-Jag sparade en stor bit pizza från jobbet igår, så den tänkte jag ta. Har du något själv? frågade Petter.

-Till lunch har jag tagit fram en form med lasagne från frysen. Pizzabiten har jag tyvärr redan lagt i min frukostlåda, så du får se om du hittar något annat, sade Leila och ställde bort sin tallrik på diskbänken.

- - - - -

Scotten trodde först att någon lagt grus i hans ögon när han vaknade, för det kändes precis så. Nattsömnen hade inskränkt sig till som mest en kvart, med drygt en timmes uppehåll. Skulle det fortsätta så här, förmodade han att hjärtat och hela hans kropp för den delen, skulle tacka för sig inom en inte alltför avlägsen framtid.

-Fan, vad jag har fått sova lite! Undrar hur länge man klarar av det här. Jag hade en viss förhoppning att man skulle komma tillbaka utvilad till jobbet om fjorton dagar efter pappaledigheten, men det tror jag skiter sig totalt, utbrast Scotten och gäspade stort.

-Ja, trots att det inte alls var lika upplyst inatt, så har William varit vaken mycket. Det verkar inte som han egentligen har något att klaga på, för han verkar inte direkt ledsen, sade Lisa och gäspade även hon.

-Nej, mätt och nybytt måste han varit mest hela tiden. Det enda jag kan komma på är att han är sällskapssjuk. Tror du att William sover bättre om han ligger bredvid Henrik inatt? frågade Scotten.

-Det är väl värt ett försök, en stund i alla fall. Förresten, var är Henrik? Jag ser honom inte vid fotänden på sängen, sade Lisa undrande och sträckte på sig.

-Hehe, han har visst lagt sig ute i hallen, förmodligen för att det var lugnare där. Det utesluter nog inte att vi kan testa. Jag tror det är viktigt att hunden och även katten får känna att de är delaktiga och inte kommer i andra hand, spekulerade han.

-Visst får gärna blodhunden försöka, det kanske är det enda som fungerar. Går det inte, är det ju bara att avbryta, sade Lisa och började småskratta.

-Visst, vi provar. Vad garvar du åt?

-Jag tänker på stackars Henrik. Ska han få ännu större sandsäckar under sina ögon, nu när hans sömn blir spoilerad? svarade Lisa.

-Det är möjligt, men på samma gång kanske han känner sig mer behövd och tar sin uppgift på allvar. Vad säger du, ska vi göra en repris av gårdagen? Jag menar, gå en promenad i lugn takt så killen får somna och sedan gå och lägga oss en stund själva när vi kommer hem, föreslog Scotten undrande.

-Ja, det kan vi göra, men det är nog i tidigaste laget än. Dessutom får vi planera en runda som inte är så lång, för jag vägrar att gå hem till Henrik och Maria och kanske komma på dem igen! Går du ut med Henrik en sväng, så kan jag ordna fram frukost, sade Lisa och sträckte på sig.

-Ha, det kunde väl vara kul att se om de höll på dagligen. Fast det är måndag så hann jag höra att de var lediga idag, för att de skulle jobba på lördag. Det får bli en kort sväng med Henrik, det är ju för tusan inte ljust ute än, berättade han.

-Jag sade ju att det är för tidigt för oss att gå ut allesammans. Du får påminna mig att vi måste tvätta idag också, för korgen är full, sade Lisa.

-Ja, det är en del som släpar både vad det gäller tvätt och städning. Ska vi ut en sväng sedan, får vi väl passa på att handla det viktigaste med, sade Scotten.

-Ja, kanske det eller om någon av oss får köpa det viktigaste. William är ju bara ett par dagar gammal, så det är väl inte idealiskt att dra in honom i en affär med risk för alla smittor som härjar, förklarade hon.

-Det kan du ha rätt i. Vi får skriva en inköpslista efter frukost. Jag går ut med Henrik nu, sade Scotten när han tagit på sig kängorna. På grund av att sömnen varit så bristfällig, kände han sig lite yr när de gick ner för

189

trapporna. Väl ute var det som om hela kroppen vaknade till ordentligt, för den kyliga blåsten var helt klart uppfriskande. Med en gång förstod Scotten att han borde tagit på sig mer kläder, för de tunna plaggen han bar nu, var inte mycket att skryta om. Till och med fötterna blev kalla direkt, vilket inte var speciellt konstigt. Hoppar man över strumpor och sockor, spelar det ingen större roll att kängorna är av bra kvalitet, tänkte han och lovade sig själv att inte göra om misstaget.

Plötsligt fick han en idé, de kanske skulle ta bilen och åka någonstans istället för att gå i närområdet. En blick bort mot deras Volvo, gjorde dock ganska snart att den tanken avfärdades, för bilen var precis så motbjudande som den någonsin kunde bli. Inte nog med snötäcket som fallit under gårdagen, utan där vinden blåst undan snön syntes en hård isbark täcka hela fordonet. För att över huvud taget komma in i den, skulle det gå åt massor med låsspray, tändare och en jädrans massa uppvärmande svordomar. På köpet var det bara att räkna med att gummilisterna säkert också frusit fast, vilket betydde mer problem och tråkiga utgifter.

-Hehe, Henrik har ju fått rimfrostsmustasch, och du ser nästan likadan ut! upplyste Lisa om när de kom in.

-Jag är inte alls förvånad, det är fruktansvärt motbjudande väder. Tror du verkligen att William gillar att vara ute i det här? frågade Scotten och nickade mot köksfönstret.

-Det säger alla, så det stämmer säkert! Det är väl bara att klä på sig ordentligt. William har ju en åkpåse och jag har i alla fall en hel del varma kläder i min garderob, sade hon.

-Jag har också en del, men problemet är väl bara att du inte tycker att det passar att gå omkring med ordentliga plagg, svarade Scotten.

-Nej, det är klart att man får ju inte dra på sig vad som helst. I min butik har vi fortfarande en del på rea sedan mellandagarna, men det är ju bara tjejkläder. Du kanske borde se om det finns något kvar som passar dig i någon butik. Annars kan du ju alltid beställa på nätet och då kan jag vara med och ge tips. Det hjälper förvisso inte för stunden, men skickar vi efter det idag så har du det nog innan helgen, föreslog hon.

-Ja, men vi kan väl kolla först om det inte går att matcha något av det jag har. Det är ju onödigt att köpa en massa när jag redan har fullt i garderoben, sade Scotten.

-Man måste förnya sig ibland, det mår man bara bra av. Jag tycker att vi går en runda på staden när de öppnat, så får du sticka in i affärer som jag vet brukar ha vettiga kläder åt dig. Är du osäker får du ta med kläderna på prov och lämna tillbaka dem om de inte passar. Eventuellt kan jag och William följa med in lite snabbt som smakråd, annars får du säkert hjälp med det inne i butiken, fortsatte hon.

-Jag känner på mig att det här kommer bli rätt dyrt, muttrade Scotten medan han tog av Henriks koppel.

- - - - -

Kapitel 20

Leila kollade vad klockan var när hon kom ut och bara hade några meter kvar till cykelstället. Om inget oförutsett inträffade, borde det vara rätt gott om tid för att hinna till jobbet. I och med att hon var inställd på att vädret var ruggigt, kom det knappast som en sensation när vinden tog tag i hennes halsduk och för ögonblicket störde utsikten totalt. Det var inte första gången den blåste upp så här och förmodligen inte den sista heller. Med ett vant handgrepp gjorde hon om proceduren och stoppade in halsduksänden innanför rocken igen. Väl på sadeln, märkte Leila att det för ovanlighetens skull inte var motvind. Dagen kanske hade sina ljuspunkter i alla fall, tänkte hon och tog några tramptag för att få upp farten. Leila längtade till våren, då hon vid den här tiden på dygnet fick höra fågelkvitter och framför allt slapp böka med den förbannade cykelbelysningen. Det var i och för sig inga större problem med den, förutom att den lyste för svagt och alltid krävde att man klabbade med den utan några sköna och tjocka vantar. Därmed kände hon med en gång av att hon under sin barndom förfrusit sina fingrar på båda händerna. Hur det gått till kom Leila inte ihåg, för det hade hänt hos en dagmamma när hon var knappt tre år. Trots att det var så länge sedan, fick Leila lida av det jämt den här årstiden så fort det inte gick att utföra grejer med rejäla doningar på händerna. Med lite fingergymnastik försökte hon att återfå känseln och samtidigt bli av med de obehagliga stickningarna, vilket lyckades hyggligt efter ett tag. Ett par hundra meter från sin arbetsplats, såg hon Jesper låsa sin cykel och plocka bort belysningen. Eftersom Leila var osäker på om han skulle höra henne ropa något glatt, lät hon det bero. Innan hon var framme hade Jesper redan kommit innanför dörren, så det fick bli till att morsa på honom när hon kom in.

-Morrn chefen! Allt under kontroll? frågade Leila på hans kontor.

-Godmorgon Leila! Jo, man får väl inte klaga, det kunde väl alltid vara värre. Hur är det själv? undrade han.

-Jag tycker nog att det mesta är okej. I den här har jag exempelvis en rejäl bit pizza som kommer sitta perfekt vid förmiddagsfikat, förklarade hon.

-Jaha, det är ju inte fel att ha något gott att se fram emot. Som du säkert kommer ihåg, så ska vi bistå ett par bilinspektörer idag. De är nog redan på plats, med andra ord är det läge för oss att sticka direkt. Har du dragit på dig kläder så att du inte fryser? frågade han.

-Jag hoppas att jag ska klara mig. Där vi brukar stå är nästan alltid ett jäkla köldhål, för det är som om vinden från Östersjön letar sig in exakt där, förklarade hon.

-Det är möjligt, men faktiskt inget jag har tänkt på. Tar du bilnycklarna? frågade hennes chef.

-Jag har dem redan här. Jag ska bara fylla en termos med kaffe att ta med, för annars blir det outhärdligt. Sist turades vi om att fika i bilen, det borde väl fungera idag med, sade Leila undrande.

-En snabb kopp kaffe är aldrig fel, så fixa det du medan jag kollar datorn lite snabbt, svarade Jesper.

-Så där, det gick ju fort. Det var redan en kanna full, så det var bara att hälla över. De som vill ha kaffe får sätta på nytt, berättade Leila medan Jesper ögnade igenom mailkorgen.

-Lysande, då kan vi åka. Det var inget det brinner i vad det beträffar mailen, så det kan vi kika på i eftermiddag, svarade Jesper och stängde av skärmen.

-Jag drömde så jäkla märkligt i natt, för Linn var nämligen med på ett hörn, berättade Leila när de satt sig för att köra iväg.

-Jaha, det var konstigt, för vad vi vet är hon ju knappast i närheten. Möjligt att drömmen beror på att vi ena stunden höll på att leta ihjäl oss efter henne och sedan fick vi helt plötsligt veta att hon är i Sydamerika. Hjärnan kanske bearbetar det på något sätt genom att fylla i några luckor där vi inte har något svar, skulle jag kunna tänka mig, men jag vet förstås inte, svarade Jesper eftertänksamt.

-Det låter troligt, jag undrar om jag inte läst att det kan vara på det viset, men det är länge sedan. Lite typiskt var det i alla fall när jag vaknade, att det var lögn att utröna i vilket sammanhang hon kom in i bilden. Antingen måste väl hon kommit hit igen, eller kanske att jag befann mig i Brasilien också, spekulerade Leila medan hon körde.

-Det kan ju faktiskt också vara så att din dröm inte alls har något samband med vad som kommer hända i verkligheten. Om du tänker efter, så är det också ganska vanligt, just att drömmar inte blir verklighet över huvud taget, sade hennes chef samtidigt som han försökte knäppa den översta knappen på sin rock.

-Ja, så kan det förstås vara, jag får släppa det där nu, för alldeles strax börjar nedräkningen, sade hon.

-Jaså, vad är det som ska hända snart och när? frågade Jesper nyfiket.

-Du vet vad jag tycker om de här kommenderingarna, de tillhör ju knappast mina favoriter. Nu är klockan halvåtta, så om exakt en och en halv timme får jag kaffe och pizza, det är vad jag räknar ner till! förklarade Leila och skrattade.

-Ha, ja du är rolig du! Det är tur att inte någon höjdare på Polisstyrelsen hör dig, för då skulle du nog bara få följa med på sådana här uppdrag hela tiden, svarade han.

-Det är möjligt att du har rätt i det, men du får ändå erkänna att det finns roligare arbetsuppgifter än de här. Vanligtvis brukar bilinspektörerna rikta in sig på lastbilar som antingen är överlastade eller för att kolla om chauffören kört för länge utan att vila. Bara en sådan kontroll tar ibland en halvtimme per fordon, samtidigt som vi bara ska stå här och titta på. Jag menar, försöker föraren smita, kan de väl med lätthet följa efter lastbilen själva. Hur mycket de än har mixtrat med fartspärren så bör de väl kunna hänga på med sin lilla skåpbil, fortsatte hon.

-Visst ligger det något i det du säger, men du får inte glömma bort att just det att vi står här uniformsklädda, faktiskt kan påverka körsättet hos ganska många. De flesta ser nog en risk i att köra onyktra eller för fort när de ser oss och tänker sig kanske mer för nästa gång. Jag tror inte alla tänker på att de mest kollar den tunga trafiken och förresten gör de väl en del stickprov bland vanliga bilister med, förklarade Jesper.

-Det stämmer nog det du säger, men det hjälper inte för

195

jag tycker ändå att det är förbannat långtråkigt att stå så här. Jag anser fortfarande att de borde klara sig själva medan vi sysslar med något viktigare. Nåja, nu är det bara en timme och en kvart kvar tills man får fika, sade Leila och suckade.

- - - - -

-Så där, då är vi snart färdiga att gå. Jag ska bara ge killen lite att äta först, sade Lisa.

-Visst, då kan jag passa på att diska av efter frukosten under tiden. Det är väl synd att säga, men märkte du vad skönt det var att William sov när vi käkade, jag menar vad lugnt det var, svarade Scotten viskande.

-Jag kan inte annat än hålla med. Det kanske ändå är som du sade förut att han vill höra oss prata tyst men ändå tillräckligt högt för att han ska höra oss. Det är möjligt att han kopplar av då och känner sig trygg, fortsatte hon.

-Men vi kan väl inte ligga och småprata hela nätterna, det blir ju skitjobbigt för oss. Vi kanske ska låta en radio stå på istället, program ett är nog jäkligt sövande, sade han och skrattade tyst.

-Tja, det är väl en idè som tål att prövas. Jag tyckte faktiskt att den med att lägga killen bredvid Henrik var bättre, men det vet vi först när vi testat. Förmodligen ändrar det sig hela tiden med, vad han somnar bäst till, spekulerade Lisa och satte sig med killen i en fåtölj.

-Så kan det förstås vara. Sedan får vi tänka på vad vi har för mat hemma, det är säkert lämpligast om du inte äter för kryddstarkt eller något med en massa lök. Vi bör nog tänka ut lite maträtter som gör att inte William får ont i magen när han ammar, svarade Scotten medan han diskade.

-Ja, det är klart att det spelar roll, jag får höra med Louise vad som är lämpligt att käka. Du kan plocka fram några tygkassar att ta med, för du lär inte få några påsar gratis om du köper kläder, sade hon.

-Okej, om jag nu hittar något som passar. Det är inte säkert att de har något i min storlek som jag vill ha, svarade han.

-Det kan du lugnt räkna med att det finns. Skulle det saknas något för dig i en affär så är det bara till att besöka nästa, sade hon.

-Ja, det är väl möjligt att det finns någonstans, men jag vill ju helst handla där det inte är så dyrt, berättade Scotten medan han torkade av diskbänken.

-Allt är relativt och köper du bra grejer så håller de längre. Tyvärr blir de på samma gång snabbt omoderna, så ibland kan det vara bättre att handla billigt, för då kan man byta oftare. Hur som helst, om alla i Nyköping gynnade klädbutikerna så lite som du, hade de gått i konkurs för länge sedan! sade Lisa och skrattade.

-Det finns viktigare saker att lägga pengar på, dessutom får vi ut betydligt mindre nu när vi fått William. Ska vi kunna bosätta oss i ett hus framöver, måste vi lägga undan till kontantinsatsen, förklarade Scotten.

-Jag vet att det är så och det känns lite tråkigt. Det är så mycket som styrs av siffrorna på kontot. Tänk om man kunde leva med obegränsade tillgångar, vilken skillnad! utbrast Lisa.

-Ja, drömma kan man ju alltid. Det finns massor jag skulle vilja köpa, men just nu känns det som vi får vara glada för om vi inte går back, muttrade Scotten och gav

Lisa åkpåsen till killen.

-Ja, men låt oss säga att vi vann tio miljoner, vilken skillnad på liv vi skulle få! Då skulle vi inte behöva arbeta så mycket utan kanske syssla med sådant vi tyckte om istället. Jag tror inte att jag vill vara helt utan jobb, möjligt att jag ville ha en egen klädbutik på nätet och bara jobba när jag kände för det, sade Lisa drömmande.

-Jo, så mycket pengar skulle helt klart ändra vår tillvaro betydligt. För min egen del vet jag dock inte riktigt vad jag skulle ta mig för hela dagarna om jag inte jobbade. Jag tror att det är bra att ha det lite slitsamt och tråkigt på sin arbetsplats ibland, för att verkligen uppskatta alla lediga stunder. Är man fri jämt kanske man inte uppskattar sådant lika mycket, men det är bara som jag tror, svarade Scotten eftertänksamt.

-Men tänk dig att kunna gå ut med Henrik när du vill och ta med William till en lekpark! Sedan kunde du spendera mer tid med Ludvig och kanske hjälpa honom någon dag i veckan om han nu drar igång och säljer solpaneler också, föreslog Lisa.

-Visst vore det kul, det kan jag inte förneka. Om vi hade en sådan massa pengar, är det väl kanske inte säkert ens att vi vill bo kvar i det här klimatet, i alla fall inte under hela året. En lyxiig bostad i Spanien med utsikt över Medelhavet, det skulle inte vara helt fel, svarade han drömmande.

-Där ser du, det finns massor med möjligheter bara man lyckas kamma hem en storvinst. Jag känner på mig att vi ska köpa en trisslott när vi går på staden sedan, sade hon hoppfyllt.

-Tja, det kan vi alltid göra. Är man inte med i ett lotteri så kan man ju absolut inte vinna. En lott ger ju inga större chanser, men vi är trots allt ändå med. Behöver jag skriva med det på inköpslistan? frågade han.

-Jag tror att vi kommer ihåg det ändå. Skulle vi glömma det, så går det alltid att ta en sväng i eftermiddag och köpa en då, svarade Lisa medan hon satte på William en ny blöja.

-Visserligen kan vi göra så, men då kan man ge sig tusan på att de säljer vinstlotten nu under förmiddagen, så jag tar med det nu, sade Scotten och skrev.

-Jaha, du är visst lite vidskeplig, det märker jag nu. Har du tänkt på att det kanske är i eftermiddag istället som lotten med en högvinst säljs? undrade Lisa och garvade.

-Nej, så tror jag inte att det är, för man ska nog gå på det som gäller från början och inte börja tveka. Dessutom, om vi inte vinner något på förmiddagen, så kan vi faktiskt köpa en ny efter lunch med, sade han.

-Ja, men på det viset rinner snart alla våra besparingar ut om vi ska försöka vinna hela tiden. Med lite otur kanske vi inte drar hem en enda krona. Jag tycker vi satsar på att handla en triss när vi ändå är ute och tittar efter kläder åt dig och sedan får det vara bra. Vinner vi så gör vi, annars får vi väl helt enkelt rätta mun efter matsäck som min mormor brukar säga, sade Lisa.

-Jag håller med dig, det är inte alls säkert att man blir lyckligare av en massa pengar. Ta bara den här kombivagnen som vi köpte begagnad. Den fungerar ju hur bra som helst, plus att man inte behöver vara superrädd för att det ska bli någon liten repa på den. Det gäller förresten rätt många saker, ta exempelvis bilen som vi äger. Den är så pass gammal att ingen stjäl den. Det är bara en vecka sedan de snodde en fin BMW på vår parkering. För något år sedan tog de bara ratten med airbag plus stereon i den bilen, men nu försvann hela fordonet. Visserligen får de väl ut en ny på försäkringen, men det blir ju ett jäkla merjobb, förklarade han.

-Ja, usch så tråkigt. Jag vet att det just nu pågår en drive med att stjäla sådana fordon, för min chef berättade att de kom ut för en vecka sedan och då var deras bil av samma märke borta. Polisen trodde knappast att den skulle återfinnas i Sverige men tipsade om att alltid ha fordon inlåsta i garage då de inte används, svarade hon.

-Som sagt, vi kanske lever lyckligare utan en massa pengar, för de kan nog medföra en hel del problem, sade Scotten och började ta på sig ytterkläderna.

-Jo, men på samma gång går det inte att komma ifrån att det vore skönt att ha en rejäl buffert och ibland kunna unna sig det man helst vill ha, svarade Lisa och släckte lampan i hallen innan de gick ut.

- - - - -

Kapitel 21

Ludvig funderade på hur han skulle lägga upp arbetsdagen för att få det att flyta på hjälpligt. Det enda som fanns kvar från firman han drivit, var nu bara arbetsbilen samt allt som var inlagt på mobiltelefonen. Alla reservdelar och specialverktyg hade gått upp i rök totalt vid detonationen. Det jobbigaste anade han skulle bli att komma överens med de som haft varor inlämnade för reperation. Redan direkt efter smällen, hade han bestämt sig för att inte ta emot några kundsamtal förrän han haft kontakt med sitt försäkringsbolag. Förhoppningsvis kunde de ge honom klara besked om hur det blev med ersättning till kunderna, men också om de kunde vara med och betala för en tillfällig lokal så länge. Ett par minuter i åtta, började han ringa dit för att hamna först i kön. Turligt nog, svarade de nästan med en gång. Faktum var att handläggaren sett ett inslag på nyheterna och i stora drag visste hur det hade gått till. Det allra bästa var att personen verkade väldigt förstående och gjorde allt för att hjälpa till att lösa Ludvigs problem. När Ludvig frågade om hur hög självrisken var, fick han veta att i sådana här fall fanns det en eliminering av den, så det skulle i princip inte kosta en krona just för det. Ett visst bortfall kunde säkert väntas under de närmaste dagarna, men det borde inte bli så stort. Beträffande ersättning till de som haft grejer hos honom, bad handläggaren att få återkomma, men för Ludvigs del förmodades det vara lugnt. Lättad tog sig Ludvig an att ringa nästa samtal som var till den han hyrt

TV-firmans lokal av. Till en början var han lite motsträvig, men efter några minuter kom det fram att det fanns en liknande lokal att hyra av honom, bara ett par kvarter bort. Orsaken till att värden först verkat ovillig att hitta något alternativ, berodde på att han var rädd för att Ludvig skulle utsättas för fler attentat. När han fick veta att de som utfört sprängningen med stor sannolikhet var de som omkommit, var det genast inga problem. I slutet på veckan skulle Ludvig få tillgång till lokalen som till och med låg lite närmare deras bostad. Visserligen var ju en flytt till Oxelösund inplanerad om knappt ett halvår, men tills dess skulle det i varje fall vara en fördel mot tidigare.

Efter att Ludvig avslutat samtalet till sitt försäkringsbolag, tittade han i sin kalender vad som stod på dagordningen. På förmiddagen var det hembesök som gällde, dels för att koppla in ett hemmabiosystem, men även indragning av fiber till internet. Allt som behövdes för det, fanns lyckligtvis i arbetsfordonet.

Mitt under första jobbet han utförde, kom Ludvig på att han glömt fundera ut hur det skulle bli med fika. I sin iver att lösa allt viktigt angående arbetena som var inbokade, hade han inte tänkt på att hans fikarum med allt som fanns där, också gått upp i rök.

Skönt nog frågade kunden om han fick bjuda på bullfika, vilket Ludvig gladeligen tackade ja till. På väg till nästa uppdrag, vinkade han till sin syster Leila som stod vid poliskontrollplatsen och såg ut att frysa.

- - - - -

-Var det någon du kände? frågade Jesper nyfiket när han såg att Leila sträckte upp sin hand.

-Ja, det var Ludvig. Jag funderade förut på hur han skulle kunna lösa allt med sitt jobb nu när firman är jämnad med marken. Som väl är verkar det väl snurra på ändå, mycket tack vare att arbetsfordonet inte blev förstört antar jag, svarade Leila.

-Ja, jag kan tänka mig att det är en ganska stor frihet att driva eget, men just när det händer sådant här eller om man blir allvarligt sjuk, kan nog ställa till det och bidra till många sömnlösa nätter. För min del tror jag aldrig att jag skulle klara av ovissheten, men det är säkert väldigt olika, förklarade hennes chef.

-Jag förstår hur du tänker och det är nog ganska individuellt. Visst är det förmodligen ingen som vet innan de startar om deras verksamhet ska gå med vinst, men samtidigt är det tur att en del vågar. Själv önkar jag att det gått att försörja sig på friidrott, men det blev ju inget med de drömmarna sedan ryggen skadades på mig, berättade hon.

-Som du antyder vore det kul om man kunde hålla på med sin hobby, i mitt fall trädgårdodling, utan att behöva livnära sig på det. Förhoppningen nu är väl att man är så frisk när man går i pension, att man kan pyssla med det då. Jag kan tänka mig att de flesta har en sådan dröm, men tusan vet hur många som får se att den går i uppfyllelse. Du känner säkert också en del som nyligen pensionerats, hur är deras hälsa och kan de göra vad de vill? undrade Jesper.

-Det är väldigt blandat, men visst finns det en del som fått det helt annorlunda mot vad de önskat. Det kan ju räcka med ett trilskande knä eller kanske dålig ekonomi för att allt ska skita sig. Jag känner ett par som planerat allt som skulle ske efter sextiofemårsdagen. Det var husbil och jorden runt resa samt mer tid för barnbarnen som var på tapeten. Efter några månader blev den ene sjuk och behöver nu vårdas dygnet runt av den andre. Allt blev med andra ord bara skit, sade Leila och suckade.

-Ja, men på samma gång får du inte förglömma en sak. Tiden då de kämpade och strävsamt slet för att få sin dröm att gå i uppfyllelse, är absolut inte värdelös. Jag kan tänka mig att det är lite som att spara till en resa eller kanske köpa en båt. Tiden man är på annan ort eller ute med båten kan nog räknas i någon vecka sammanlagt per år. Det verkar väldigt lite för en utomstående. Jag tror dock att när de hela tiden håller drömmen vid liv, så kan de tänka på hur fantastiskt det ska bli när man väl kan komma iväg eller sticka ut på sjön. Även efteråt lever de ju på det, fortsatte han.

-Jovisst, men en del människor får det precis som de hoppats på. De kan syssla med vad de vill och det märks knappt att de åldras, sade Leila.

-Helt klart kan man konstatera att det är en jäkla tur att man inget vet om hur det ska gå i framtiden. Visste man att det här var sista dagen i ens liv, så inte tusan skulle man väl stå här och frysa, sade Jesper och huttrade.

-Vad menar du, trivs du inte med mig som sällskap? frågade Leila och skrattade.

-Det är givet att jag tycker du är den bästa arbetskamrat jag någonsin haft, inget tvivel. Men jag menar att i del scenariot som jag beskrev, kanske man hellre hade suttit i en solstol med en drink i handen och sett vågorna rulla in från Atlanten, svarade han. Samtidigt såg han

Leilas ögon bli större och hennes mun öppnades som av rädsla och förvåning.

-Bilinspektörerna vinkade in den där bilen, men den kommer inte stanna! Hoppa undan! vrålade Leila hysteriskt.

-Vilken idiot! Fort in i bilen så vi kan ta den jäveln, ropade Jesper från marken där han slängt sig i skydd.

-Fasen, det här blir inte bra, de håller säkert runt hundra kilometer i timmen och är på väg in mot centrum! Du får köra, för jag har redan kört ihjäl folk under utryckning, förklarade hon när de bara hade några meter kvar till bilen.

-Okej, den där släpper jag aldrig! Såg du att den ene bilinspektören träffades av dem och blev liggande kvar på asfalten? undrade Jesper hysteriskt.

-Jag kunde inte undgå att se det, ljudet när han blev påkörd och slog i vägbanan med sitt huvud, kommer jag aldrig kunna förtränga. Se nu bara till så att du inte kör på någon oskyldig, sade Leila när de satt sig i bilen och börjat köra iväg.

-Det är klart att jag ska försöka undvika det till varje pris, men hur många den där typen tänker meja ner, kan jag inte ta ansvar för. Visserligen kanske han lugnar ner sin körning om vi inte följer efter, men jag tror inte det, spekulerade han.

-Som det ser ut verkar bilen göra allt för att komma härifrån snabbt, oavsett om vi tar upp förföljandet eller inte. Jag stödjer dig i ditt beslut, den där galningen måste stoppas! sade Leila och höll i sig krampaktigt.

-Härligt att höra, för visst blir det ett otroligt liv om någon skadas i den här jakten. I det läget kan jag behöva allt stöd jag kan få, svarade Jesper samtidigt som han tryckte ner gaspedalen maximalt.

-Jag begriper inte att de vågar köra så fort, det är ju faktiskt ganska halt, sade Leila.

-Den där föraren verkar inte bry sig, det skulle inte förvåna mig om han är duktigt påtänd, svarade Jesper samtidigt som han fick väja för en cyklist med earpads i sina öron.

- - - - -

-För ovanlighetens skull är jag nog precis lagom påklädd, för jag varken fryser eller blir för varm, sade Lisa när de gått en bit.

-Jag kan inte direkt heller klaga, det var tur jag tog en stickad mössa istället för kepsen. Hur tror du William klarar sig, känns han varm? undrade Scotten.

-Han sover gott, så jag vet inte om jag vågar sticka in min hand och kolla. Förmodligen är det nog rätt lagom klädsel på honom. Inne i barnvagnen är det ju dessutom skyddat från vind och det gör en hel del. Möjligt att det är läge att känna killen på ryggen om han vaknar, svarade Lisa.

-Ja, det borde fungera. Kolla in Henrik, han ser ut att trivas i snön! konstaterade Scotten och garvade.

-Ja, det var väldigt vad han håller på att rulla runt, man kan tro att det är en valp. Där framme ser jag min chef, hon är förmodligen på väg till butiken. Det ser ut som om hon vill kika på killen, fortsatte Lisa.

-Ja, det kan man ju förstå. Snackar ni länge, får du räkna med att jag går vidare med vagnen och Henrik, för annars riskerar vi att William vaknar, spekulerade han.

-Ja, det kan ni göra, för hon brukar tycka om att prata.

Kan du ha med både vagn och Henrik i så fall? undrade Lisa.

-Tja, det märks väl om det inte går. Eventuellt får jag väl komma tillbaka och hämta dig, berättade Scotten när de bara hade tio meter kvar till Lisas chef.

Tio minuter senare när alla brukliga fraser utbytts, rörde William på sig så Scotten beslöt sig för att börja gå.

-Du kan väl gå runt kvarteret så länge, det är bra om vi får prata en del jobb också, föreslog Lisa.

-Det är klart, det tar säkert en kvart för oss innan vi är här igen. Hej så länge, svarade Scotten.

Efter bara några meter, fick han en tanke att det vore bättre att gå åt andra hållet istället. Varför Scotten tänkt så kom han inte på för tillfället, möjligtvis att det skulle bli mindre motvind, men det var osäkert. Egentligen hatade han när sådana här tvångstankar kom upp, särskilt när det inte fanns någon rimlig förklaring till varför det skulle vara bättre att göra en sak isället för en annan.

-Är du här nu igen? frågade Lisa och skrattade.

-Ja, jag kom på att det är nu jag ska passa på att köpa den där trisslotten i kiosken där framme, svarade Scotten och skrattade osäkert.

Vad Lisa svarade kunde han inte höra, men det var förmodligen inget viktigt. En blick ner på William tydde på att han somnat om igen och njöt av tillvaron. Inom sig kände Scotten hur lycklig han var, det var som om han gick på moln och att han fylldes av en obeskrivlig värme. Just nu var livet på topp och han tog djupa andetag för att njuta ännu mer. Om det skulle hjälpa hur han andades verkade som en befängd tanke, kom Scotten på och log åt sig själv. Hade han kunnat stanna tiden

någon gång, så var det här verkligen ett tillfälle för det.
Utanför kiosken fanns passande nog en stolpe att fästa
Henriks koppel i. Som väl var stod det bara en dam
därinne som skulle köpa snus, annars var det tomt.
Eftersom det var rejält varmt i lokalen, tyckte Scotten det
var förträffligt att han slapp stå i kö med William, som då
lätt kunde vakna.
Den nyinköpta lotten lade han i sitt telefonfodral, för han
ville vänta med att skrapa den tills de kom hem.
Direkt när Scotten lossat Henriks koppel från stolpen,
hördes en våldsam smäll från korsningen ett par hundra
meter bort, ungefär där han lämnat Lisa. Vad han kunde
urskilja, så hade en bil kraschat in i bakdelen på en
lastbil som stannat för rött ljus. Bara två sekunder
senare dundrade en polisbil in i fordonen och en
våldsam brand utbröt. På grund av den höga farten vid
kollisionen, spreds delar över ett stort område. På köpet
verkade det som att där funnits något extra eldfängt, för
plötsligt syntes lågor högt upp mot himlen.
Småjoggande rusade han åt Lisas håll, men han kunde
inte se henne.

- - - - -

-Satfläsk, vilken jädra smäll! Hur är det med dig, frågade
Jesper medan han försiktigt själv försökte känna efter
om han skadats.
-Tusan vet vad som hände med pizzan jag käkade nyss.
Precis innan vi krockade fick jag upp den i munnen för
att du kör så jävla illa, men när airbagen exploderade så
måste jag svalt den igen. Hur gick det för dig? undrade
Leila medan hon grimaserade för den vidriga smaken i
truten.

-Fint med mig, det är bara lite svårt att se för pulvret i airbagen. Otroligt att vi klarade oss, men vi måste ut snabbt ifall vår bil också börjar brinna. Ta fram brandsläckaren så tillkallar jag hjälp, sade hennes chef och öppnade sin tillknycklade dörr.

-De som försökte fly kan aldrig ha överlevt, det finns inga planer för det. Vi får gå fram till lastbilschauffören och kolla om han också har en pulversläckare, för den här är redan slut, konstaterade hon.

-Gör så du, jag ser honom luta sig mot hytten, så han är nog i chocktillstånd. Ambulans och brandkår är på väg, upplyste Jesper om.

-Hann du se om det fanns fler personer i närheten när det small, eller var det helt folktomt? frågade hon.

-Jag är osäker på det, allt gick så snabbt. Vi får försöka se efter, men samtidigt vara beredda på att mer exploderar här. Passa på att fråga föraren till lastbilen vad han hade på flaket. Har vi otur är det farligt gods av något slag, sade han.

-Jag tror du har rätt, tyvärr. Fordonet har en skylt där bak som säger att den är lastad med något sådant, upplyste Leila om.

-Kan du se några siffror som talar om vad det är? undrade han oroligt.

Nej, det sitter bara en skylt utan siffror, så då är det väl blandat styckegods och inte jättestora mängder med farliga grejer, svarade hon.

-Det räcker om det är några hundra liter spolarvätska så kommer det börja brinna ordentligt, svarade Jesper bekymrat.

-Brandkåren är redan här, de får väl släcka först, så ber

vi chauffören köra fram en bit när det är gjort, föreslog Leila.

-Ja, det låter vettigt, vi får i alla fall föreslå räddningsledaren om det. Här får Lisbeth ett vidrigt arbete, de finns ju inget kvar av kropparna, sade Jesper.

-Usch ja, anade man inte att det suttit två personer där i bilen nyss, hade det aldrig gått att gissa ens. Bland det mest äckliga i det hela är lukten av bränt kött, den stanken kommer jag aldrig glömma, fortsatte Leila.

-Jag håller med dig, den är hemsk. Enda fördelen är väl att de måste dött ögonblickligen. Sedan att det blir svårt att fastställa vilka det är, kan vi väl bara räkna med. När jag larmat, slog jag snabbt på registreringsnumret och som förmodat är bilen anmäld stulen, berättade han.

-Jaha, det var förstås väntat. Kriminaltekniker Lisbeth har visst anslutit, vi får fråga henne om ledtrådar när vi spärrat av området, fortsatte Leila.

-Okej, det kan vi göra. Brandkåren har redan lyckats släcka, det går fort med rätt släckmedel. Innan vi pratar med henne, bör vi kolla av området noga så att inte någon mer skadats. Jag ser ett bylte där framme, undrar vad det är, sade Jesper frågande.

-Konstigt att vi inte såg det tidigare, svarade hon eftertänksamt.

Redan innan Leila kommit ända fram, kunde hon se att det var en blodig kroppsdel som låg vid trottoarkanten. Var den suttit gick inte att fastställa, men att det var en bit av en människa, rådde det inget tvivel om.

- - - - -

Kapitel 22

Ju närmare Scotten kom platsen där han lämnat Lisa med sin chef, byggdes oron upp alltmer mot skyarna. Med bara en liten bit kvar, kunde han konstatera att ingen av dem stod kvar. Förgäves jobbade hans hjärna för att hitta troliga förklaringar till varför de var borta. Hela tiden slog den katastrofala teorin till, som sade att de av någon anledning förflyttat sig exakt till stället där olyckan nyligen skett. Hade de varit i närheten av smällen, var det inte alls osannolikt att de förolyckats av föremål som spridits eller till och med blivit överkörda. Scottens hjärta slog nu så hårt att det värkte i bröstet. Skulle han bli lämnad ensam utan sin älskade Lisa här och nu, var han högst osäker på om han ville leva vidare. Det som gjorde allt ännu svårare, var att han nu också hade en liten son att ta ansvar för, till hundra procent.

Allting måste ju gå, men han tvivlade skarpt på att han skulle klara av uppgiften.

Med långsamma steg fortsatte Scotten att gå mot korsningen där trafikolyckan skett.

Mentalt var han tvungen att förbereda sig på det värsta, men det var fullständigt kaos i hans huvud.

- - - - -

-Jag tycker inte att vi går ända fram och kikar, det överlåter vi till teknikerna. Hur verkade lastbilsföraren, är han kapabel att köra fram en bit? frågade Jesper.

-Nej, han lastas in i en ambulans nu, för han hade ont i nacken. Vi får hoppas att han inte får några bestående men, svarade Leila.

-Nej, verkligen inte. Är det en whiplashskada så är väl risken stor att han får dras med problem resten av sitt liv. Det är klart att bli påkörd bakifrån i den farten, så kan det knappast gå annat än åt helvete, muttrade Jesper uppgivet.

-Tyvärr är det nog så. Dessutom är det inte många av de som kör transporter inom tätorten som har bälte på sig heller. Jag såg nämligen att lastbilens vindruta spräckts, förmodligen av hans huvud, förklarade hon.

-Allt bara för en idiot bakom ratten som helt saknar empati! Det är väl det enda positiva i den här olyckan, just att den som var vållande aldrig kan göra det igen, fortsatte Jesper förargat.

-Tja, det är säkert så, men det finns kanske en förklaring som säger att föraren blivit hastigt sjuk, men det får utredningen ge svar på, svarade Leila.

-Det där kan du väl på allvar inte tro på själv ens! Vi får hoppas att föraren inte haft ihjäl någon mer här, tyvärr tyder den blodiga kroppsdelen på motsatsen. Det räcker fullt ut med att lastbilschauffören kanske aldrig mer blir återställd. Tänk att någons liv kan släckas eller bli totalt förstört bara inom loppet av en sekund! Det är för jäkligt! fortsatte Jesper upprivet.

-Visst, men nu ser jag att Lisbeth vill prata med oss. Hoppas hon har en del svar att ge oss, sade Leila.

- - - - -

Plötsligt ringde det på Scottens mobiltelefon, så han tog fram den för att svara. Konfunderad över att Lisas namn stod på skärmen, fick han inte fram ett ord när han tryckt på grön lur.

-Hur gick det, är vi mångmiljonärer nu? frågade Lisa hurtigt.

-Visst, jag har precis vunnit högsta vinsten, det inser jag nu och det utan att ha skrapat lotten, berättade Scotten.

-Härligt, du får förklara för mig senare vad du menar. Jag hängde med chefen till hennes bil och fick en stor kasse med babykläder som aldrig använts. För ett par år sedan sålde butiken barnkläder med, men inte nu längre, förklarade hon.

-Jag blev så fruktansvärt orolig, hörde du inte att de krockade en bit bort? frågade Scotten.

-Jo, klart att vi inte kunde missa det, Antagligen var det en rejäl smäll, för alla möjliga räddningsfordon åkte dit. Hoppas ingen blivit skadad. Jag kommer om en minut, jag ser dig faktiskt härifrån, sade Lisa innan hon tryckte bort samtalet på sin telefon.

-Jag är så glad att se dig igen, det var tur att din chef inte hade sin bil parkerad där de kolliderade, sade Scotten och kramade om henne.

-Faktum är att det nog var någon mening med att du kom på att du skulle köpa lotten nu, för annars hade ni väl kommit fram lagom till smällen i korsningen, svarade Lisa och kysste honom.

-Som jag sade förut, så har vi absolut vunnit högsta vinsten idag, utan att vi ens kollat lotten. Inga pengar i världen kan göra oss lyckliga om vi inte har varandra! fortsatte Scotten med tårfyllda ögon.

- - - - -

-Här får jag verkligen något att bita i, det kommer att ta tid. Visserligen hittade jag deras pass hyggligt intakta i handskfacket. Enligt mig är de dock förfalskade, det kan

213

en idiot konstatera på nolltid, förklarade Lisbeth.

-Jaha, det var värst att du kunde se det så snabbt. Kan vi kika på dem? frågade Leila och sträckte fram sin hand.

För tusan, det är ju jag och Petter! Då borde väl det här vara Albert Jacobsson och Linn! Går det att fastställa, eller blir det svårt? undrade Leila.

-Det kan bli i det närmaste omöjligt, för kropparna är totalt uppbrända. Mitt hopp står till att det går att ta några tandavtryck, men det är högst osäkert, svarade kriminalteknikern bekymrat.

-Typiskt, det hade varit skönt att kunna fastställa att det var de. Har du något svar på vem den avslitna kroppsdelen tillhör, är det någon av de som satt i bilen som saknar den? frågade Jesper.

-Det kan mycket väl tillhöra den som satt på passagerarplatsen, men det får jag undersöka mer innan ni kan få ett definitivt svar, berättade Lisbeth.

- - - - -

-Ska vi inte bjuda hem lite vänner ikväll, för det känns som att vi inte har firat riktigt att vi är föräldrar nu och att vi som du uttrycker dig, vunnit idag? frågade Lisa.

-Jo, det är väl ingen dum idè, men är du säker på att du orkar? undrade Scotten.

-Jo, men det tror jag ska gå. Så här i efterhand inser jag att mitt uppträdande när William och jag kom hem från sjukhuset kunde varit trevligare, men just då orkade jag inte, förklarade Lisa.

-Ja, vi kan gå på din linje, vilka vill du ska komma och vad ska vi bjuda på? frågade han.

-Vi kan fråga Ludvig och dina föräldrar. Jag vet inte om

du vill att Leila och Petter också ska komma, men det vore säkert trevligt, sade Lisa medan hon kände på Williams rygg, för han hade just vaknat.

-Frågan är fri, vi kan kolla. Verkar killen lagom varm eller vad tycker du? undrade han.

-Han fryser inte, så mycket kan jag säga. Det är nog dags att gå hemåt så han får äta. Du kanske kan handla det viktigaste själv. Jag tror nämligen att jag börjar gå sakta hemåt, så får du komma i fatt, sade hon.

-Okej, tror du att du får med dig Henrik också, eller måste han vänta utanför affären? frågade Scotten.

-Det går säkert bra att han följer med mig, för antagligen vet han att det inte går för sig att dra iväg någonstans nu när jag har barnvagnen att ta hand om, svarade Lisa.

-Vi satsar på det. Det enda som kan få Henrik att vilja jaga, är när han får syn på Stella, den där cocker spanieln du vet, förklarade han.

-Ser jag den jycken, får jag försöka avleda Henrik på något sätt, svarade hon.

-Om jag kontaktar dem som vi kom fram till skulle bli bjudna och de vill komma, vad ska jag säga för tid och vad ska vi ha för käk? frågade Scotten.

-Säg runt arton och sedan tycker jag att det får bli lite hämtmat från kinarestaurangen. Vi har redan fått över tusen kronor till barnkläder från olika håll, men de pengarna kan vi faktiskt lägga på annat nu när vi fick en massa till William från min chef, sade Lisa.

-Ja, det har du rätt i. Påsen med kläder kan vi nog lägga på barnvagnsunderredet, så slipper du bära den. Jag försöker skynda mig, sade Scotten och rusade iväg med några tygpåsar i handen.

När han ringde Ludvig, kände han knappt igen hans röst. Tydligen hade han hastigt blivit förkyld och fått ont i halsen, så för att inte smitta killen tackade han nej till inbjudan. Dessutom var Ebba redan på plats i Norrköping och skulle inte komma till staden förrän fredag eftermiddag.

Nästa samtal, som var till Leila, resulterade också i ett nej, för hon och hennes chef var tvungna att jobba över på grund av trafikolyckan. Hon hoppades de fick ha inbjudan kvar till ett senare tillfälle, vilket Scotten sade att det gick bra.

Inne i affären flöt det mesta på bra, allt gick att hitta med en gång och det var tomt i kassan när han kom dit.

Några minuter senare var han ute igen och på långt håll såg han Lisa gå osedvanligt snabbt, trots barnvagn och Henrik.

Med bara några hundra meter kvar till bostaden, kom han i fatt och fick se förklaringen till varför de kunnat gå så fort.

-Jag låter Henrik hjälpa till och dra vagnen och det går kanon. Med jämna mellanrum tittar han på mig för att se att tempot är lagom, upplyste Lisa om när Scotten var jämsides.

-Lysande, men hur vet Henrik att han drar lagom fort? undrade han.

-Enkelt, för han ser om jag nickar jakande eller om jag skakar på huvudet, så det är inga problem. Fick du tag på alla när du ringde till dem? undrade hon.

-Det är bara mina föräldrar kvar, de andra kommer gärna någon annan gång. Jag provar att ringa farsan nu så får vi se om det passar, berättade han.

-Nu har det väl gått fram nästan tio signaler, det är väl konstigt att de inte svarar. Jag har för mig att du sade att de var lediga idag, sade Lisa eftertänksamt.

-Hehe, visst är de antagligen hemma, men de kanske håller på med gymnastiska övningar på hallgolvet igen! Orkar du gå en omväg hem så kan vi kontrollera, sade Scotten och garvade.

-Nej tack, det blir inget med det. Jag kom nyss på att kinakrubb knappast är något vidare för mig så länge jag ammar William, frågan är vad vi ska ta istället? undrade Lisa.

-Jag fick ett tips av morsan för ett tag sedan som vi kan prova. Det är som hamburgare fast utan kött, föreslog han.

-Jaha, men om det inte är kött, vad är det i dem då? undrade hon.

-Man har broccoli, ägg, och riven parmesanost plus lite kryddor i dem. Det är bara att mixa ihop ett tag och sedan steka några minuter. Jag har för mig att de kallas för broccolifritters, berättade han.

-Det låter superbra, särskilt nu när mina järnvärden är låga! Har vi allt hemma, eller måste vi komplettera med något? undrade hon.

-Allt finns, antingen i frysen eller i kassen här, sade Scotten och höll upp tygpåsen.

- - - - -

-Du ser bekymrad ut, är det något speciellt? frågade Jesper.

-Det har hänt så mycket på sistone, det mesta är tyvärr åt det negativa hållet. Jag menar, den krocken vi var inblandade i, kunde ju blivit vår död. Sedan är det alltid jobbigt när man kommer fram till en olycka där det finns omkomna människor. Visserligen kan vi anta att de som dog var av den sorten som inte har någon som helst empati. De kanske redan tidigare har ett antal människors liv på sitt samvete, förklarade hon.

-Jag anade att det var så du tänkte, men jag ville höra det med säkerhet. Visst är det precis som du säger, men du får försöka se det som är positivt i det hela också. Hade de inte kört in i lastbilen, är de troligt att de kört ihjäl fler på sin framfart. Det som irriterar mig är att vi kanske aldrig får veta helt säkert om det var Albert och Linn som färdades i bilen. Var det de, borde de knappast varit i Brasilien när de mailade oss, utan kanske vänt redan i Barcelona, spekulerade hennes chef.

-Jag har tänkt på det med, att tidsmässigt är det nog på det sättet. Eventuellt är de kvar där och kanske inte ens vet om att det skett en dödsolycka i Nyköping, sade Leila.

-Om det är som du antar, är det möjligt att de lever gott där, det tror jag med. Faktum är att det kan tryckts upp flera uppsättningar av pass som har dig och Petter avbildade, det vet vi inte i dagsläget, spekulerade Jesper eftertänksamt.

-När du säger så, blir jag rädd på riktigt. En annan hemsk tanke är, att de med plastikkirurgi lätt kan låta sig göras om till oigenkännlighet. I så fall är det bara ett DNA-test som kan avslöja dem, tillade Leila och slöt sina ögon i förskräckelse.

- - - - -

Scotten satte på kaffe med en gång och smög därefter fram ett par rejäla landgångar han köpt i affären. Det skulle bli en överraskning åt Lisa som de kunde smaska på när hon ammat William.

-Du kan byta blöja på killen nu, för jag behöver gå på toaletten, ropade hon från rummet.

-Jag fixar det, men det dröjer ett par minuter, svarade Scotten samtidigt som han tog fram tallrikar och bestick.

-Jag hör att bryggen är på, det blir perfekt så kan vi vila en stund sedan. Förmodligen är det lika bra om vi kan ta igen oss i eftermiddag, ifall William inte sover bredvid Henrik heller, fortsatte hon.

-Vi testar att lägga babynästet bredvid hans hundfilt, så märker vi hur det går. Det är möjligt att vi kan testa det redan om en stund, för Henrik tackar säkert inte nej till en lur, sade Scotten medan han hällde upp kaffet i varsin kopp.

-Visserligen brukar hunden snarka en hel del, så det kanske inte alls funkar, men det är värt ett försök.

Jösses, har du handlat så goda mackor, vilken fest! utbrast Lisa när hon kom ut till köket.

-Ja, jag tyckte vi skulle ha något extra, så det fick bli ett par landgångar. Efter det får vi faktiskt cupcakes! berättade han och log.

-Härligt, det ska bli gott! Titta ut, har du sett vad det snöar! Det var tur att vi gick ut så dags som vi gjorde, för det där lockar inte att traska runt i, sade Lisa.

-Nej, verkligen inte, skönt att vi hann in. Killen ser lite trött ut fast han sov ute, men småbarn sover väl rätt mycket har jag för mig att du sagt, mumlade Scotten mellan tuggorna.

-Mår de bara fint och är mätta brukar det nog vara så. Landgången var suverän, nu går jag på cupcaken, förklarade hon.

-Gör det, så hämtar jag mer kaffe.

En stunde senare, hade de lagt sig under en filt och båda kände hur lite sömn de fått senaste tiden. Det dröjde inte många minuter förrän alla sov till Henriks obligatoriska snarkande.

Framåt kvällen då de vilat färdigt, började Scotten ordna med broccolifrittersen.

Plötsligt ropade Lisa på honom inifrån vardagsrummet, så han gick för att höra efter vad hon ville.

-Du har ju en lott att skrapa med, det får vi inte glömma, sade Lisa.

-Nej, just det! Vi får kolla den sedan när vi käkat, svarade han och gick för att vända burgarna i stekpannan.

- - - - -

Efterord

SCOTTEN DETONATIONEN är den tredje boken i den här andra trilogin om Oskar "Scotten" Scott.
När han blir pappa önskar han inget hellre än ett stillsamt liv, hur det blir får framtiden utvisa.
Ibland hopar sig problemen som mörka moln på himlen och det är svårt att se någon smidig utväg.
Till synes obetydliga tillfälligheter kan visa sig få stora konsekvenser, vilket givetvis även gäller inom brottslig verksamhet.
2017 anmäldes över sextiotre tusen pass som borttappade i Sverige. Logiskt sett kan väl finnas en möjlighet att inte alla egentligen försvunnit, eller vad tror du? För kriminella kan detta öppna upp chansen att begå handlingar utan att riskera upptäckt i lika stor utsträckning som annars. Detta utöver alla förfalskade identitetshandlingar som är i omlopp.
I nutid agerar ofta gäng med ett väldigt destruktivt beteende, där rätt metoder för att motverka detta är avgörande.
Om samhället ska lyckas kan diskuteras, för statistiken eskalerar i motsatt riktning.

Besök gärna min hemsida;
www.forfattarematsgustafsson.wordpress.com